異国散歩ストーリーズ

清水 研介

目次

あとがき

異国散歩ストーリーズ

序文

私は２００2年から現在（２０２1年1月）まで、フィンランドのトゥルク（Turku）に十八年以上、住んでいます。その他、イギリスのロンドンに約二年、アメリカのミネソタ州のミネアポリスにも約二年、住んでいたことがあります。今までアーティスト、画家、詩人としての活動、音楽の活動、民族学の研究などをしました。アーティストとして自分の絵がいろいろな国で展示されました。海外での経験やアーティストとしての活動などから、この本のストーリーのアイディアが生まれました。また、散歩での発見、想像する、思考、夢、これらは自分にとって生きる上で大事なことと思っていて、絵や小説を作る時も大事に思って作っています。この本を書く時も、そういう思いを持って書きました。この本『異国散歩ストーリーズ』は、「第一部　ストーリーズ」（二十六編の短い小説）、

「第二部　海外での生活、経験、思考」（六編のエッセイ）という構成になっています。

第一部では短い小説を二十六編、収めています。いろいろな町をイメージしたストーリーや、夢や想像を意識したストーリーです。実際に自分が経験したことからインスピレーションを得て書いたものが多く、いろいろな町で歩き回ったり見たり感じたりしたことからストーリーが多く生まれました。小説ということもあって、どの町を舞台にしたストーリーかわかるように書いたものもあれば、わからないように書いたものもあります。一方で、第二部ではエッセイを六編、収めています。自分がフィンランドやロンドンやミネソタで実際に生活した経験や、思ったことなどを書いています。

夢や想像を意識した作品もありますが、第一部の小説、第二部のエッセイ、これら両方を通して、本全体として、自分の中では、「いろいろな町、異国で散歩する、経験する」というイメージがあります。そのため、題名を『異国散歩ストーリーズ』とすることにしました。

外を散歩するばかりではなく、家の中を歩くのも、時には、いろいろなことを思ったり、発見したり、頭の中を整理したりなど、歩くこと自体、自分にとって良い効果があります。

現在は、フィンランドで、アーティストの活動をしながら、トゥルク大学（University of Turku）のヨーロッパ民族学（European Ethnology）の大学院博士後期課程に在学しています。民族学の研究で博士後期課程に在学しているものの、今のところ、アーティストとしての活動の方が活発です。

私の絵画作品は、今までにヨーロッパ（フランス、スペイン、イタリア、オーストリア、フィンランドなど）、アジア（日本、中国、韓国など）、アメリカ（ニューヨークなど）で展示され、国際的に活動することができました。その他、アートフェアでの展示も何度かあります。自分なりにやってきたことが国際的に広がったことは、嬉しく思います。いろいろな方々の御支援のおかげであり、ありがたく思います。

この本『異国散歩ストーリーズ』のカバーの絵は、私（清水研介）が描いた絵画作品です。アクリル、ペン、色鉛筆を使って描きました。絵の題名は「庭で」（In the Garden）です。F10号のキャンバス（55cm X 46cm）に描いた、２０２０年の作品です。

私が以前に書いた本、三冊の情報を以下に書きます。

『Dreamlike Voyages of Artists』（詩やストーリーの本、２００９年、ヘルシンキのKirja kerrallaanで印刷）
『ロンドン・フィンランド・夢想短編集』（２００９年、発行：ブイツーソリューション、発売：星雲社）
『フィンランドで散策・短編集』（２０１１年、発行：オープンページ、発売：宮帯出版社）

私のホームページとメールアドレスは現在、以下の通りとなっています。

清水研介のホームページ

https://www.kensuke-shimizu-art.com

メールアドレス：

kensu77taide@hotmail.com

この本を作るにあたり協力していただいた方々に感謝の意を表したいと思います。

また、この本を手にとっていただいた方々が楽しんで読んでいただけたら嬉しく思います。

２０２１年１月

清水　研介

第一部　ストーリーズ

一月一日に決心するエレン

　エレンという名前の女性がこの町のアパートに引っ越してから約二カ月が経過していた。この町には海岸があり、海に面した砂浜もある。この日は一月一日だった。新しい年が始まったばかりだ。エレンは砂浜にいた。海を見ながら砂浜を歩いていた。ふと足元を見ると、美しい貝殻があった。それを拾って、部屋に持ち帰った。

　次の日、一月二日、エレンは再び同じ砂浜にいた。この日も貝殻を拾って、部屋に持ち帰った。その次の日も、そして、その次の日も、同じようにその砂浜で貝殻を拾って、部屋にそれを持ち帰った。エレンは決めたのだった。今年一年、毎日、この同じ砂浜で貝殻を拾おうと決心した。

貝殻を拾って部屋に持って帰ると、それを箱に入れた。箱はかなり小さな箱だ。一箱の中に貝殻は一個だけ収めるようにした。

エレンはこの町の文房具屋に行き、その小さな箱を見つけた。そのお店にはその箱が十箱しかなかったが、すぐにまとめて四百箱、注文した。四百と聞くと、かなり多いように感じられるかもしれないが、その箱はかなり小さな箱だったので、実際はあまりスペースをとらない。それらの箱をアパートに送ってもらうように依頼し、その輸送費も含めての金額を払った。一週間後、それらがエレンの所に無事に届いた。

この年は、毎日、海へ行き、その砂浜で貝殻を拾って、それを持ち帰った。毎日できるかどうか不安だったが、やってみると、どんな貝殻が今日は見つかるだろうか、と毎日楽しみになってきた。その年の十二月三十一日まで、毎日欠かさず、それをすることに成功した。この年は、うるう年だったので、貝殻は三百六十六個、エレンの部屋に収められた。

新しい年がやって来た。この新しい年の一月一日、エレンは再び同じ砂浜にいた。前の年は貝殻を毎日拾ったが、今年はどうしようか。そう思って歩いていると、ふと足元に小さな石が光って見えた。エレンは決めた。今年一年は、毎日、この砂浜で小石を拾って持ち帰ろうと決心した。この日、小石を拾って持ち帰った。

この砂浜にはそれほど美しい小石が多くあるとは思っていなかったので、美しい小石が見つかるかどうか、少し初めは不安に思ったりしたが、始めてみると、毎日、毎日、美しい小石が砂浜に見つかった。

貝殻と同じように、それらを小さな箱に入れた。前の年と同じように、同じ文房具屋でその箱を四百箱、注文した。やはり、貝殻の時と同じように、一箱の中には小石を一個だけ入れた。その年の十二月三十一日まで、毎日欠かさず、それをすることに成功した。小石は三百六十五個、エレンの部屋に収められた。

新しい年がやって来た。この新しい年の一月一日、エレンは再び同じ砂浜にいた。前の年は小石を毎日拾ったが、今年はどうしようか。そう思って歩いていると、ふと足元に写真が一枚、風に飛ばされてやって来た。それを拾い、周りを見渡すと、ある若い女性がエレンに声をかけた。

「どうもありがとう。それは私の写真です。風に飛ばされてしまって」

エレンは笑顔を見せて、その女性にその写真を渡した。

エレンは決めた。今年一年は、毎日、この砂浜で写真を撮ろうと決めた。この日は、一旦、自分の部屋に戻って、机の上に置いてあった古いカメラを取ってから、再び砂浜に戻った。その砂浜の写真を一枚だけ撮った。このように毎日、一枚だけその砂浜で写真を撮った。古いカメラと新しいカメラを持っているが、この写真を撮る時だけ、古いカメラを使った。その他の時は新しいカメラを使うことにした。なので、砂浜に行く時だけ、古いカメラを持って行った。

あるまとまった数の写真を撮ってから、カメラ屋でそれらの写真を現像してもらった。そして、それらの写真を収めるのをどうしようか、と考えながら、文房具屋に行った。エレンが思っていた通り、文房具屋ではフォトアルバムが何冊か売られていた。その中から、三百六十五枚の写真を収めることができるものを選んで、それを購入した。そのアルバムの中に写真を収めた。アルバムの余白の小さなスペースに、それらの写真を撮った日の日付を順に書いていった。

毎日、砂浜に行って、写真を撮ることを続けていくと、砂浜の様子の変化を感じた。太陽の光が海に当たって輝くのだが、それも夏の日差しと冬の日差しでは大分違う。夏は風が心地良く感じられたが、冬は風があると、やや寒く感じる日もあった。

その年の十二月三十一日まで、毎日欠かさず、それをすることに成功した。写真は三百六十五枚、エレンの部屋にあるアルバムに収められた。

新しい年がやって来た。この新しい年の一月一日、エレンは再び同じ砂浜にいた。前の年は写真を毎日撮ったが、今年はどうしようか。それと同時に、もう一つ、思っていたことがあった。それは、もうそろそろこの町から引っ越しをする可能性が高いということだった。そう思って歩いていると、ふとここ数年のこの砂浜での経験を思い出した。エレンは決めた。今年一年は、毎日、この砂浜でのことを思い出そうと決めた。もうじき引っ越しをする可能性が高いので、部屋の整理をしておきたいという思いもあった。これは良い考えに思われた。

エレンは自分の部屋に戻ると、一月一日の貝殻、一月一日の小石、一月一日の写真、これらを見て、砂浜でのことを思い出した。次の日、一月二日は、一月二日の貝殻、一月二日の小石、一月二日の写真、これらを見て、砂浜でのことを思い出した。このように、毎日、続けていった。この町は穏やかな天候で知られていて、ここに引っ越してきてから、天気が荒れるようなことはなかった。毎日、砂浜に行くことができた。そのこともありがたく思った。

その年の八月下旬、エレンは別の町に引っ越しをした。その時、貝殻、小石、写真、これらも大事に持って行った。引っ越し先の町には、海岸がなかったが、川があった。

エレンは、次の年の一月一日、その川岸にいた。その年、毎日、その川岸を訪れるエレンの姿があった。やはりエレンは何かを毎日、川岸でしているようだった。それが何であるかは、初めは謎であり、秘密のようだった。小石を拾っているのだろうか。

何日か経過して、川岸でよくジョギングをしている若い女性がエレンのことに気づいた。その若い女性は家に戻ると、母親に言った。

「ジョギングをしてから少し休憩をしていると、ある女性が歩いていたので、おはよう、と声をかけたら、これからバードウォッチングをするって言っていたわ。双眼鏡を持っていた。この辺りは野鳥が多くいるし、今日は良い天気だし、バードウォッチングには良い日かもしれないわね」

この時は、その若い女性はエレンとは、ただ、ちょっと話をしたぐらいだった。天気の良い日、安全なのどかな町の川岸、こうなれば、そういう挨拶程度のちょっとした会話があってもおかしくないのかもしれない。

だが、これで終わりではなかった。いや、それは何かの始まりだったのかもしれない。その後もその若い女性はよく川岸でジョギングをし、エレンは毎日、川岸に行った。そうしていると、川岸でお互いを見かけることが何度かあった。そして、何かのきっかけで、挨拶だけではなく、もっといろいろと話をするようになった。今となっては、どういうきっかけでそれが始まったのか、エレンもその若い女性も覚えていないのだが。

その年の終わりには、この若い女性はエレンの友達になっていた。そして、エレンはその若い女性に、あの海の町での貝殻、小石、写真、これらを見せて、その頃の話をした。エレンの顔は輝いていた。若い女性は壮大な映画でも見るかのような目でその話を聞いていた。

少女二人と洋服店

並木道を歩いていると、右手に狭い道が見えてくる。どこまでもまっすぐに伸びる道。人通りは多くない。遠くの方に犬の散歩をしている人の姿が小さく見える。後はただ奥へとどこまでも続く。アンジェリーナは、なぜかいつもその道は避けている。この日も、彼女はその道へは曲がらずに並木道を歩き続ける。いつもの並木道の方がいろいろな店の様子を見るのも楽しいし、心地よい。

左手には映画館。幅広い入口の上に上映中の映画のポスターがずらりと何枚もある。中に入ろうとする観客の列が長く続いている。彼女の知り合いもこの列に並んでいることがあるが、今日はいないようだ。

二人の少女がアンジェリーナの前に現れる。同じ方向に歩いている。そのうちの一人は黒っぽい髪の毛でカールしている。ズボンも黒の長ズボン。この少女の方が表情豊かに話しかけている。それに対してもう一人の方はうなずきながら聞いている。この少女は、背中の途中まで伸びた茶色い長い髪の毛を時折揺らしながら歩いている。二人とも半袖シャツの裾を長ズボンの中にきっちりとしまい込んでいる。シャツをズボンの中に入れない人の方が今は多いと思うのだが、なぜか二人ともきっちりとシャツの裾をズボンの中に入れていた。実はアンジェリーナもどちらかと言うと、きっちりとシャツをズボンに入れたい方なので、不思議な親近感を覚えた。だが、それよりもさらに印象的だったのは、話しかけている少女はなぜか建物の出入口のドアに小走りに行き、いちいち開かないか試していたことだ。なぜそんな行動をしているのか不思議に思ったことと、同じ道を歩いていること、そして、二人のシャツの着方、それらのことからこの少女二人組の存在が妙にアンジェリーナの頭に刻み込まれていく。

少女達はアンジェリーナよりも早いスピードで、スキップをしたり飛び跳ねたりしながら歩いて、ドアの開く洋服店に入っては品物をちらりと見て回りすぐに出る、という行動をしていたので、少女達が彼女よりもずいぶん前の方に消えてしまったかと思うと、しばらくすると洋服店から二人が彼女の目の前に出てくる。それが何度か繰り返される。消えたかと思うと再び目の前に現れ、再び消えたかと思うと目の前にまた現れる。

この界隈には楽器店や中古ＣＤを売る店など音楽関係の店が目立つ。それを反映しているように、洋服店の中には革ジャンがあったり、ロックバンドの名前が白い字で描かれている黒地のＴシャツがあったり、銀色の金属か何かの突起物が付いている黒い靴、ハードロックやパンクの演奏者が履いていそうな靴だが、そういう靴も店の棚にあったりする。その一方で、パステルカラーの色合いばかりの服を売っている店があったり、赤い暖色系のチェック柄の上着や水玉模様のスカート、それから、手芸や手作りの品物などを置いている店もあったりする。少女達はふらっとそんないろいろな洋服店に入ったかと思うと、ぐるっと中を歩いて道に戻る。

喫茶店の外のテーブルが木陰になっていて気持ち良さそうに思えたので、アンジェリーナはそこでコーヒーを飲むことにした。この席に座ってから二十分ほど経った時、あの少女二人が喫茶店の前を通り過ぎた。

「私もあんなだったのかしら、私にもああいう時があったわ」

アンジェリーナは自分が少女だった頃によく一緒に遊んでいた友達のことを思い出した。

塔のある広場

久しぶりの雨だった。昼頃までは晴れ間ものぞいていた空だが、いつのまにかグレイの雲が頭上を覆うようになった。雨が地面などに当たる音と同時に、カフェからはお皿が重なる時の音、人の話し声、店員がコップを洗う音、店内の音楽の音、これらが混じりあい私の耳に複雑な音楽となって入ってくる。

洋服店の前を通り過ぎると、店でかかっている音楽が一瞬聞こえ、また次の店からは別の音楽が聞こえてくる。道では時折、犬が鳴いて飼い主の注目を浴びている。観光客は右へ左へと店を見ながら視線を忙しく多方向へ動かしている。地元の女性が一人で窓際の席でコーヒーを飲んでいる。窓の向こうからその女性がニコリと笑顔を見せる。

バーの壁面に無数の小さな写真や絵が所狭しと「これでもか」と圧倒するように展示されていて、カウンターの後ろに見えるお酒のボトルの一群やラベルの色彩の群れに対抗しているかのようだ。

そのバーの窓にはポスターが貼ってあり、そこに塔の写真が載っている。自分がたまに行く所で、どこにあるのか知っている。そこに行ってみようか。

自転車が、時折、歩行者の間を通って行くので、それに気を付けながら歩く。ふと、自転車ではない音が背後から聞こえてきた。スケートボードに乗っている人が、音をたてながら、ひょろりと身軽にすいすい進んでいく。

雨はいつの間にか止んだ。急に空には晴れ間がのぞき始めた。観光バスのバス停の近くでは、音楽の公演のチラシを配っている女性がいる。その女性のサングラスが銀色っぽく光る。なかなか観光客はチラシを取ってくれないが、めげずに続けている。チラシは取ってくれない観光客達だったが、観光バスのバス停には大勢並んでいる。天気が良くなったこともあるのだろう。

大通りを、町の中心から離れるように進んでいく。道は少し傾斜があるようだ。緩やかな坂道を上がっているような感覚だ。塔の上部が見えてくる。右に曲がって、しばらくすると、前が開けた。広場の中に塔が大きくそびえていた。

塔のある広場では、少年が三人でサッカーボールの蹴り合い、少女が四人でボール遊びをそれぞれしている。塔の壁面に向かって少年がサッカーボールを蹴って、壁に当たって跳ね返ってくるボールを別の少年が壁面に蹴る、という遊びだ。一方で、少女達は、広場でボールを投げたり捕ったりして遊んでいる。少女四人のうちの一人はローラースケートを履きながら動いている。少年達も少女達もボールが思うような所に行かずに遠くまで転がってしまう時もある。この広場にはあまり車は通らないし、近くのオープンカフェに座っている人達もあまりそのボールに神経をとがらせるような様子はない。実際、子供達が使っているボールはあまり硬くなく、それほど反発力のないボールなので、転がっていって当たってしまっても柔らかい感触がするぐらいだ。それに子供達はあまり強く蹴る体力は持っていない様子だった。周りの大人達は誰も慌てる様子はない。時折、ベンチに座っている大人達が転がってくるボールを蹴って返したりして、大人達も楽しんでいる。

広場の近くにはパン屋があり、パンの匂いが鼻を刺激する。小さな店が連なり、その一軒一軒、どんな品物を売っているのか、店内を外からちらりと見ながら歩いていく。狭い道が多く、迷路を歩くような感覚がする。道には木々が植えられていて、その緑が心を和ませる。

ぐるぐると迷路を歩くように歩き回っていると、ふと先程のボール遊びの少年少女達が集団で歩いていた。ここから自分の住んでいる所へは歩くには距離があるのだが、なんとなく歩いていたい気分だった。部屋に帰ったらゆっくり休憩すればいい。週末の土曜日、仕事がなく休みなので少し日常から離れて冒険したい気分だった。

あの塔の上部は、西日でオレンジ色に染まっていた。塔は石造りで何百年も前に建てられた。昔は、同じ高さの建物は周りには他になかっただろうから、かつては目立っていたのだろうが、今では高い建物も増えて、特に際立って高くそびえているようには見えない。だが、長い年月、ここに建っていて、すっかり町に溶け込んでいる。町の歴史にも、ちょくちょくこの塔でのことが出てくる。町の絵画や写真にも、この界隈のシンボルやランドマークとして、昔からよく題材として取り上げられている。周りの建物が変わって行っても、町人の顔ぶれが変わっていっても、ここに居続け、町を見守り続けている。

バルセロナの夜

　レストランでは暖色系の明かりに囲まれて外の席でも食べている人達がいる。奥から聞こえる音楽に混じって、おしゃべりの声とともにグラスの触れる音も聞こえてくる。近くの遊び場では、親に見守られながら、子供達が大声を出して動き回っている。

　バルセロナの夜は長い。着飾った女性達が通り過ぎていく。子供を連れた家族が歩いていく。店内の照明がやや暗く抑えた暖色になっているが、その中をいろいろな色合いの服が見えたり消えたりした。バルセロナは色彩豊かだと思う瞬間があるが、この時もそう思った。

日中は木漏れ日がきれいな広場。今は夜なので太陽の日差しによる木漏れ日はないが、その代わり、街灯やバルなどの光が木々の間から私を優しく包んでいる。近くには、古代ギリシャの建築を思い起こすような、建物のファサードの柱の列が印象的な場所があり、午後にそこを歩いたことを思い出した。

ふと、目の前にアイスクリームを食べながら歩いている人が通り過ぎた。それを見て、私も食べたくなった。

「また来ましたね。今度は何にしますか?」

「そうだね。やはり、またバニラとストロベリーで」

アイスクリームを手に持ち、外を眺める。この町の色と音。

緑の女性

昨日訪れた美術館のことを思い出していた。そうこうしているうちに眠くなってきて、ベッドに横になった。

何があったかわからないが、いつの間にか、私はカフェで座っていた。その前に何をしていたのかは覚えていない。カフェの窓の外には緑色に髪を染めた女性がいた。その緑の髪は大きくカールして長く背中の真ん中ぐらいまで伸びている。彼女は、向こうの洋服屋のショーウインドーに飾られた品物を見ていた。

私はカフェを出て、外を歩いた。緑色に髪を染めた女性はまだそこに立って、ショーウインドーを見ているようだった。その女性のそばを通り過ぎて、バスの停留所に向かった。私は運転手に「このバスは鉄道駅へ行きますか?」と訊いた。バスの運転手は短く「行くよ」と答えた。バスに乗り、座席に座ってしばらく外の風景を眺めた。徐々に暗くなってきていた。

外を見ながら映画でもみているかのような気分になってきた。自分がいるのはどこなのだろうか。どこに行くのだろうか。そんな風に感じた。風景の画面の端の方だけ霧がかかったかのようになったかと思うと、また画面全体がはっきりとしてきた。私は現実ではない何か別の世界にすっかり入り込んだような、昔を思い出しているような気がした。あの町で過ごした数週間のことを。

夕方、美術館を歩いていると、なぜかここにも緑色に髪を染めた女性がいた。だが、カフェの近くで見かけた女性とは違う。今度の人は同じように髪は背中の真ん中ぐらいまで伸びているものの、髪はストレートに伸びている。私はそばを通り過ぎ、次の部屋の展示に進んだ。ここには洋服の展示もあった。見事な刺繍のテキスタイル。どのように刺したのだろうか、など思いながら、じっくりと見ていった。ビーズやスパンコールも使われていて、照明の光の中、きらびやかで存在感がある。別の部屋は陶器の展示、草花の模様が美しく描かれていた。壁は草花の模様のタイル。草花に囲まれているようで、まるで自分が庭園にいるかのような気持ちになった。外に出ると、美術館には入場を待つ人の列があった。

鉄道駅では、あちらこちらに緑色の人々が慌ただしく動いていた。緑色のバッグを持った女性、緑色の服を着た男性が忙しく歩いていたが、緑色に髪を染めた女性はいなかった。

再びあのカフェに入って、前と同じように洋服屋の方を見た。すぐにウェイターが前方からやって来た。「あなたも緑色に髪を染めた女性を探しているのですか？」と低音で私に言った。

ふとその声で目が開いた。夢から覚め、周りを見ると、パリの美術館で買った絵葉書が見えた。絵葉書には、緑色の髪の女性が右側に描かれ、背景には大きな窓があり、その向こうに、鮮やかな黄色や紫や赤の草花が遠くまで見えるようだ。奥にさまざまな草花が野原一面に広がっているかのように思えた。緑色の髪の女性も、着ている服に青や紫などの模様が描かれていて、色彩豊かな明るい絵だった。

この絵が描かれたのは、ずいぶんと前。モデルとなったこの女性はもうこの世にはいないだろう。この絵を描いた画家とこのモデルの間では、どんな会話があったのだろうか。そんなことを思いながら、窓から外を眺めた。

すると、そこに緑色に髪を染めた女性が見えた。はっと驚いていると、「あなたも緑色に髪を染めた女性を探しているのですか？」という低音のウェイターの声が、再び聞こえた。今度は背後から聞こえてきたので、振り返ってみたが、誰もいない。あっけにとられていると、別の声がした。

「ちょっと、どうしたの」

聞き覚えのある声。私はその声で目が覚めた。と思うが、どうなのだろうか。

足を動かす

広場で四人の若者たちがジャズの演奏をしていた。聴衆が周りを囲んでいる。私はその近くを通って行った。この辺りには個人商店が多くあり、ブティックでは洒落た服が売られている。そして、靴屋が多い。靴、靴、靴、何という靴の宝庫だろう。

しばらく歩いていると、目の前に大きな建物が現れた。ここが劇場だ。この日、バレエを観に来た。私の座席は舞台の近くだった。「コンコン」、バレリーナの足元の音が聞こえてくる。バレリーナの足先が舞台の床に触れて、小さな音が生まれる。その小刻みな音が、会場の緊迫した空気の中、繊細な気分にさせる。

観客席には着飾った紳士淑女の他に、小さなネクタイをした男の子やドレスを着た女の子がいる。子供達は何か得意げな表情をしていたりする。大人になった気分なんだろう。「コンコン、コンコン」と音が聞こえたかと思うと、バレリーナはふわっと浮いたように柔らかく跳ぶ。その様子を、観客が座って、じっと見つめている。

あっという間に時が過ぎ、いつのまにか公演が終わった。観客が興奮した面持ちで、ざわざわと話し始める。余韻に浸りながら、ゆっくりと外に出た。劇場の入口には、さまざまな音楽、映画、オペラ、バレエ、ミュージカルなどのポスターがある。

広場では、まだ四人の若者たちがジャズの演奏をしていた。私は聴衆に加わって、その音楽を聴いた。ふと、演奏に合わせて、タップダンスのように華麗に足を動かしながら踊る人が現れた。足と広場の地面が接触してリズミカルな音を立てていた。

「次は皆さんのよく知っている、あの名曲」

演奏者の一人が大きな声で言った。足でリズムをとる人もいる。カップルの何人かはゆっくりと踊り始めた。十分ぐらい、その様子を見てから、その場を離れた。

別の広場では、ロックの演奏をしている人達がいる。今度はこちらの聴衆に加わった。多くの人達が知っている曲の演奏が始まった。グラスを片手に陽気に踊り始める人もいる。グラスを持っていない人も、表情が緩み、体を動かしたりする。私はどうだろうか、顔の表情はあまり変わらないものの、頭の中ではどこかに旅するように、その音楽の世界に入って行った。この町には音楽がある。周りにいる人達の足が音楽に合わせて動いていく。私の足もいつの間にか動いていた。

小石の贈り物

友達の家族と町のビーチで会うことになっていた。その家族には四人の小さな子供がいる。私はバス停でビーチ方面へ行くバスを待っていた。なかなかバスが来ない。時刻表を見たが、もうバスが来てもおかしくない時間だ。しばらくして、あることに気づいた。この日は日曜日だったのだ。私は土曜日の時刻表を見ていたのだった。日曜日は本数が少なく、次のバスまでまだかなり待つことがわかった。私の周りには、他に誰もバスを待っている人はいない。

バッグの中から地図を取り出した。ホテルなどで置いてあるような無料の町の地図だ。地図を広げて考えた。歩いて行こうか。

海岸沿いの林の中を行った。二十分ぐらい経つと、水着で道を歩いている人々が時折、見られるようになった。水着姿の若者達がタオルを肩にかけていたりする。ビーチが近づいてきたのを感じた。

じきに林の木々が途切れ、ビーチがあった。海も見える。海の向こうに島も見える。これは海であるし、ビーチではあるのだが、前に島もあることで、何か少し不思議な気持ちになる。海岸のビーチというと、大きく広がる海というイメージがあるのだが、どうもこのビーチは島が見えることもあり、私が普段抱いているビーチのイメージとは少し違う。

このビーチを見渡していると、友達の家族を見つけた。四人の子供達もそこにいた。私と同じように、ちょうど今、ここに着いたということだった。

この海は穏やかだ。海の中には子供達の姿も多い。砂浜では小さな子供達が砂をいじりながら遊んでいた。高校生や大学生と思われる若者達は、友達と一緒に泳いでいたり、砂浜で太陽の光を浴びていたりなど、いきいきとしているように見えた。年配の人達も、ゆったりと砂浜でくつろいでいたり、泳いでいたり、このビーチを楽しんでいるようだった。

私は友達の家族と一緒に泳いでいたが、しばらくすると、その家族の子供達のうちの二人が海から砂浜に戻り、砂遊びを始めた。私も砂浜に戻り、子供達の母親と一緒に様子を見守った。

砂浜に戻った子供達のうちの一人が、私に向けて、手を差し出してきた。その手には、何かを持っているようだった。それに応えて自分の手を差し出すと、持っていた何かを私の手に渡した。子供は少し恥ずかしそうな表情だった。

砂が少しついていたが、それが小石であることはすぐにわかった。砂をはらってみると、その小石が夏の光の中、生き生きとして見えた。私はその小石をくれた子供に笑顔を見せ、「ありがとう」と言った。子供はニコッと笑顔になり、父親の方に走って行き、他の子供達と一緒に泳ぎ始めた。

私はしばらく砂浜に座って、その小石を見たり、海を眺めたりした。その子供の様子を見ていると、もらった小石をこの砂浜に置いて帰る気になれず、その小石を持ち帰った。

それから、一年が経ち、次の年の夏、その小石は私の部屋の机の上にある。

小石を見ていると、あの子供の父親から電話がかかってきた。

「今年もまたあのビーチに行こう」

「ちょうど昨年のビーチでのことを思っていたんだ。そうだね、またビーチで会おう」

「子供達もまた連れていくよ」

電話の向こうから子供達の賑やかな声が聞こえてくる。

海を眺める人々

窓から外の風景を眺めると、建物の屋根の群れの向こうに海がかすかに見えた。貨物船の姿も三隻、遠くに見えた。何軒かの店から営業を始める準備の音が下の方から聞こえてきた。部屋のドアを開け、階段を下りて行った。上の階から他の住人達が同じように階段を下りている音が聞こえてきた。一階の廊下を通って外に出た。坂を上がって、振り返ると、遠くに海が見えた。人混みの中を歩いて行った。路面電車の走る音が時折、大きく聞こえてきた。

十分ほど歩いてから、路面電車に乗った。中は混んでいて、私も立って過ごした。窓から外の建物が見えるが、小さな店が多いので、目まぐるしく店、店、と多くの店の前を通り過ぎて行く。

降りると目の前には大きな橋が見えた。大きく開けた海に多くの船が行き来している。遊覧船がもうじき出る時間帯のようで、男性が声を張り上げて観光客に宣伝をしている。そのそばを通り過ぎて、ある船が発着する場所に着いた。

私が乗ろうと考えている船が発着する場所だ。船は、もうしばらくすると乗船のようだった。料金を払い、建物の中に進んで行った。乗客の集団がいた。次の船の出発時刻が表示されている。もうじき出発の時刻のようだが、まだ船の中に入れない。数分ほど経ってから、徐々に前に進み始め、船内に入れるようになった。私も他の人々と同じように、前へ前へと進み、船の中へ入っていった。眺めの良い上の方へ船内の階段を上がって進んで行った。

外の風景が良く見える席だ。船が行き来する様子が良く見えた。船が進むと、海の波が変化していく。この辺りは船の行き来が激しく、船の周りにさまざまな波が生まれる。波は時にはぶつかって、さらに新たな波を生み出す。海の一部は太陽の光が多く当たって、きらきらと宝石のような光を発していた。近くの橋を見ると、路面電車が橋の上を通って行った。橋の向こう側を眺めると、高台になっている所にはいくつもの建物が見える。

しばらくすると、船が動き始めた。少し心が弾んでくるように思った。何が起こるんだろう、とわくわくしてくる。徐々に船の速度が速くなっていくと、周りに見える風景が大きく変化してくる。この町で有名な建物が現れる。多くの人々がその建物の方向を見る。この辺りに住んでいる地元の人だけではなく観光客も乗っている。建物によっては海に向けて広告のようなものを掲げている。背の低い建物もあれば高層ビルもある。建物ばかりではない。木々の葉の緑が目立つ空間、公園のような空間も見えてくる。

船が動き出してから十分ぐらい経った。進み具合が再びゆっくりになった。海岸の姿が徐々に大きくなった。そして、船内に、もうじき目的地に到着することを告げるアナウンスが響いた。この船の路線は一日にかなり多くの便があり、この短い距離を行ったり来たりしている。船が出発してから十五分で無事に予定通り、目的地に到着した。

船が止まり、徐々に人々が動き出した。私もそれらの人々に加わって船の外に出た。海岸沿いの道に進んだ。海辺のベンチでは人々が海を眺めていた。やや遠くには海に迫り出すかのような堂々とした雰囲気の建物が見えた。

芝生の上に座って海の方を眺めている人の姿も多い。この辺りには砂浜は見られないのだが、海が大きく広がり開放感があり、気持ちが良い。それに加えて、芝生の緑が、太陽の光を浴びて生命力にあふれているかのようだ。地元の人々にまざって観光客もいる。海岸沿いのカフェやレストランは賑わっていて、海が良く見えるテーブルに座っている人々の姿がある。海からの波のしぶきが今にもテーブルに届くのではないだろうか、と思う程、海のすぐ隣で食事をしている人もいる。

海岸を歩いていると、先程乗っていた船が今度は先程とは逆の方向へ向かって進んでいるのが見えた。あの船の乗客は、今度は私が先程見たのとは逆の順番で風景を見ていくのだろう。

さらに行くと海岸沿いのレストランやカフェが少なくなって、聞こえてくる人の話す声や音楽などの音が徐々になくなってきた。少し静かな場所になってきた。人々は座って海を眺めていた。私も同じように海を眺めながら過ごすことにした。

徐々に太陽が沈む時刻が近づいてくる。海の向こうに見える太陽から発せられる光が私達を包み込むようだ。太陽の光が小さな波に当たってオレンジ色や銀色になっていて、はるかかなたまで太陽の沈む所まで続いているように思えた。時折、その中を船が動いて行く。船に西日が当たって光って見えたり、船が陰のやや暗い所へ去って行ったり、海の上に変化が生まれる。その風景を眺める人々が徐々に多くなってきた。向こうの方へ沈もうとしている太陽、海、波、船、これらが作り出す風景に高揚しているようだった。太陽は少しずつ向こうの方に沈んで行った。徐々に暗くなっていった。すると、暗くなった海の中に今度は船から発せられる光が美しく動いて見えるようになってきた。空には少しずつ星が見えてくる。海があるので、遠くの方まで空間がかなり開けて見える。そのため、空もかなり広く、どこまでも続くかのようだ。暗くなった空には星の他に動いている点が見えることもあった。それらの点は飛行機だ。それほど遠くない所に空港があるのだ。

近くの電灯の明かりがついた。周りを見ると、まだ多くの人々がベンチに座っていた。話をしている人々も、海を眺めている人々もいる。風が時折、吹いているが、気温は程よく暖かく、心地良い。

ベンチに座って風景をずっと眺めていたが、ふと、暗い海の上を動く船の光がだんだん少なくなってきたような気がしてきた。夜になって船の本数が徐々に減ってきているのだろう。帰る船にそろそろ乗らないとここで一夜を過ごすことになる。それも悪くないかもしれないが、帰ることにした。私は立ち上がり、海岸沿いを、あの船の発着場へ向けて歩いて行った。

発着場には、この日、ここに来た時に乗った船と同じ船の姿があった。船体に見える船の名前が同じだった。一日のうちに同じ経路を何往復したのだろうか。
私はこの船に乗り、上の方の席に座った。船からは夜の町の光が見えていた。

踊るようなステップ

カフェでは踊るようなステップで動いているウェイトレスがいた。「エミ」とみんなから呼ばれていた。

「エミは今日もここで頑張っているんだなあ」

常連客の一人、ジミーは、エミの相変わらずの様子を見て、嬉しくなった。

テーブルの間を体の柔らかさを使って、するりと行ったり来たりする。瞬発力を感じさせる。その動きの素早さに人々は見とれてしまう。

「やっぱり、今日もカッコいいなあ」

ジミーの隣のテーブルの、常連客の三人はそう思いながら見ている。実際はいつも素早いわけではないのだが、速い時とゆったりしている時のメリハリがきいていて、そのため か素早く動く時が際立って見える。

壁面にはモダンダンスの公演のポスターがあった。よく考えると、そのカフェに流れている音楽も、なぜか今日は、何か奇抜なダンスを思い起こさせるような音楽だった。何と言ったらよいのだろうか。ピアノと電子音のちょっと現代音楽風だが、気持ち良い感じの環境音楽にも思われる、そんな音楽だ。この音楽は好きだが、このカフェのいつもの音楽とは少し違うなあ、とジミーは思った。

その踊るようなステップのエミが、客に話をしていた。

「今度、私の友達がこのダンスの公演に出るので、もしも興味があったら。今日、明日、そして、来週も公演があります」

エミはくるりと向きを変え、常連客の三人の方にやって来る。

その日の夜、ジミーは、再び外を歩いた。あのカフェやその近くのブティックのお店などは今日の営業を終えていたが、その一方で、午前中は静かだったバルやレストランが今度は賑やかになっていた。夜は別の顔がある。道には先程の雨水が少し表面に残っている。そこに街灯の光が当たっている。その中をドレスで着飾った人達が威勢よく歩いていく。

ジミーはドレスではなくカジュアルな普段着を着ている。あのカフェの広場のベンチに座り、アイスクリームを食べ始めた。子供を連れた家族がみんなで私と同じようにアイスクリームを食べている。

ベンチの目の前に、あのカフェがある。今は閉まっているが、カフェの壁面にあったモダンダンスの公演のポスターのことを思い出した。時計を見た。あのポスターの公演のダンサーたちは今頃、劇場で踊っているはずだ。ジミーは行かなかったが、あのカフェのエミはそれをワクワクしながら劇場で見ているかもしれない。そうだ、明日、あの公演を見に行こう。あの公演が気になってきた。だが、ジミーは忙しく、結局、公演に行けなかった。

次の週、ジミーは、また、あのカフェを訪れた。店内の様子を見て、気になったことがあった。エミが近くに来たので、声をかけた。

「あの、あそこにあった、ダンスの公演のポスターがないけど、どうしたの？もうすべての公演は終わったんだっけ？」

「あの公演のポスター？あれ、まだ二回ぐらい公演は残っているんだけど、実は、これは内緒だけど、ひどいので、私がビリビリに破って捨てたわ。店長は、今、用があって、しばらくこの町にいないの。なので、ここぞとばかりに、あのポスターを破ってやったわ。店長が戻って来る前に、あの公演は終わっているから、店長が戻ったら、公演が終わったから捨てた、と言えばいいわ。本当は、もう既に捨てたんだけどね。ビリビリにしてやったわ」

「友達の公演じゃなかったの？」

「友達の公演と言って、宣伝するように、店長に言われてたのよ。あ、これは内緒よ」

だが、エミは、このことを言いたくてたまらなくなり、ジミーだけではなく、他の常連客のみんなにも同じ話をしてしまった。その後、何日か経ってから、エミはこの店から消えた。

だが、それから十五年が経ち、このカフェは閉じることになった。その頃、この町の人が忘れかけていた、エミが、突然、姿を現した。このカフェの建物は売りに出され、それを買ったのが、エミだった。今では、実業家として成功していた。エミは、ここで新しいカフェを始めた。

ある日、若い女性二人が、店にやって来て、エミに訊いた。

「私達、モダンダンスをやっていて、公演があるけれども、このポスターをどこかに貼っていただけますか？」

「ああ、いいですよ。あそこの壁に貼りますね」

その後、前のカフェの常連客の三人が、この新しい店のことを聞き、入って来た。そのうちの一人が、奥から姿を見せたエミに話しかけた。

「ずいぶん、ひさしぶりだね。覚えている？前のカフェによく来て、君がウェイトレスの時に、何度もここで会っていたけれど。新しいお店、おめでとう」

「もちろん、ひさしぶり。ありがとうございます」

「あれ、あの壁にモダンダンスのポスターがあるけれども、ずいぶん前、君がウエイトレスの時、モダンダンスのポスター破ったっていうの、覚えてる？モダンダンス、君は嫌いじゃなかったの？」

「あれ、そんなことあったのですか？覚えてないわ。あのポスター良いじゃない」

エミは、「そんな昔のこと、関係ないわ。過去は忘れたわ」という感じで、すぐに次のことに向かっていった。本人は気づいていないが、踊るようなステップで、メリハリのきいた動きをするのは、昔と変わっていなかった。常連客の三人は、キョトンとした顔でお互いを見合っていた。

雲と少女

雲のA氏はB氏に言う。

「俺たち、一緒になって固まらないか。雨でも降らそうよ」

B氏は、A氏に近づいて一緒になった。


公園で、少女が二人で遊んでいた。

「なんだか暗くなってきたね。家に戻ろうか」

二人は家に戻る。


お母さんが二人と話す。

「どうしたの。もう帰って来たの？」

「だって、お母さん、暗くなってきたんだもの」

お母さんは外を見る。本当だ、いつの間にか雲が厚くなっているようだ。太陽の光も弱くなっている。ベランダにいた犬も、部屋の中に戻って来た。


雲のA氏とB氏は、雨を降らし始めた。そこへ、太陽がやって来た。

「今日は雨でも明日は晴れにしてくれよ」

A氏とB氏は、一生懸命に、雨粒を大きくしていき、雨の量も増やしていった。だが、二時間ぐらい経つと、だんだん疲れてきた。

「もうそろそろやめようか」


A氏とB氏は離れていき、この町から別の町へ飛んでいった。夜が訪れ、空には月が出ていた。

次の日、少女二人は、庭で遊んだ。晴れていたが、少女の一人が空を見上げて言う。

「あの雲、形が面白いね」

雲のC氏がやって来ていた。だけど、C氏は、しばらくすると、もう隣の町の空に飛んでいった。C氏は、一人ですいすい飛んでいきたい雲だった。

「あら、あの雲、もういなくなっちゃった。あの雲に乗りたかったな」

少女二人は部屋に戻って、一緒に絵を描いた。雲と太陽と自分たちを描いた。雲は、この日に見かけた、形が面白い雲、それから、その隣には、昨日の雨をもたらした不気味な雲、そのさらに隣には、今日の空の太陽だった。少女の一人は、形が面白い雲の上に自分を描き、もう一人は、太陽と雲の下で遊んでいる自分を描いた。

空港

　あの頃は、まだ寒さを感じる天気だった。２０１６年の三月初め、旅行からの帰り、航空券とパスポートをジャケットのポケットに入れ、空港の搭乗ゲート近くにいた。時計を見ると、まだ搭乗の予定時刻まで時間があった。近くのカフェに行き、コーヒーを飲みながら、今回の旅行のことを思い返した。その一方で、帰ってから待ち受ける生活のことも頭をよぎった。飛行機が大きな窓の向こうに並んで見えている。搭乗すれば、後は座席に座っていれば良い。今回は直行便なので乗り継ぎの手間がなく、だいぶ楽だなあ、と思った。

　搭乗の予定時刻にゲートに来た。大勢の乗客の姿。だが、五分経っても十分経ってもなかなか搭乗開始のアナウンスがない。乗客が少し不安そうに話し合っている。

「昨日はこの飛行機の路線がモーターの具合が悪くてキャンセルになったんだ。私はそれで今日のこの便に変更したんだが、さっき、ここにいたパイロットだか誰かが今日もその同じ飛行機で行くことになるみたいだ、と言っていたんだ。本当に飛ぶのだろうか、どうなるだろうか」

別の人が話に加わる。

「え、昨日トラブルがあったのと同じ飛行機なんですか？」

心配の輪が徐々に広がって行く。私はおそらく大丈夫なんじゃないか、と楽観的に考えていた。

当初の搭乗予定時刻から十五分ぐらい経過して、ようやく搭乗開始のアナウンスがあった。「いよいよこの町から離れるんだなあ」と感慨にふけった。ゲートの先の階段を下りて、二台のバスに分かれて乗り込む。乗客全員が乗り込むのを待って、二台同時に発車した。三分ほどで飛行機の脇に到着したのだが、すぐに降りる許可がでない。飛行機へのタラップの階段の上で、男性が「まだ駄目だ」と身振りで示し、バスの運転手に近寄ってきた。飛行機はどうやらどこか故障していてそれを直そうとしているようだ。問題は、それがすぐに直せるような故障なのか、それとも、なかなか直せないやっかいな故障なのか。

私の近くでは、乗客が現実逃避したいのか、楽観的なのか、飛行機とは関係のない、遠くに見える風景の話をしている。

「ああ、あそこに雪が見えるねえ。ほら、山の上の方」

「雪がまだあるんだねえ」

また、別の乗客は、現実を受け止めているようで、飛行機の近くにいる整備員の方を見ながら心配そうに話をしている。

「どういう作業をしているのだろう」

「どこか故障しているようだ」

「じゃあ、どこが故障しているのだろうか。エンジンのどこかなんだろう」

「飛行機に乗れるのだろうか」

彼らは推測に夢中になっている。窓は閉まっていて、外の音はあまり聞こえない。視覚的な情報を頼りに整備員たちの様子についても話し合っている。「今度は向こうから別の二人がやって来たねえ、何をしているのだろうか」などと推理している。

バスが止まってから五分ほど経過しても飛行機に乗る許可がでずに、中に閉じ込められたままだった。バスの運転手が何やら決定事項を受け取った様子でバスの中に戻って来る。外の様子から想像すると、まだまだ当分、搭乗ができないように思えた。その悪い予感が当たってしまった。バスは乗客を外に出さないまま、再び動き出し、先程バスに乗り込んだところに戻って来た。そこには空港のスタッフがいて、「上に上がってください、ゲート入口のところで状況を説明します」と何度も言っていた。階段を上がっていく時、上の方から乗客の怒っている声が徐々に大きくなって聞こえてきた。

乗客が全員、ゲート入口のところに戻った。乗客数人と空港のスタッフ数人との言い合いが収まると、アナウンスがあった。

「飛行機はまだ離陸できません、飛行機がキャンセルになるのか、あるいは故障の修理ができて離陸できるのか、まだわかりません、何か新しい情報があったらお伝えします。今はこのぐらいしか話すことがありません」

昨日も同じ飛行機がキャンセルになり、そのためこの飛行機に変更した乗客たちもいる。彼らは明らかに怒っていて、空港のスタッフに詰め寄って文句を言っている。


私達はどうにもならずにただ新しい展開があるまで待たなければならなかった。飛行機を修理できるかいろいろと試しているのかもしれない。一時間ぐらい経過して、ついにこの便は正式にキャンセルとなった。

別の便への変更の手続きが徐々にされていく。名前を呼ばれると、その人達はそこでスタッフと何か相談して、乗る便が決まり、どこかへ消えていった。空港のスタッフとこの飛行機の航空会社が連絡をとりあっているのだろう。

だが、私を含む八人ほどの乗客たちはなかなか別の便への変更がされない。カスタマーサービスの係の人は、「もう少し待ってください。まだあなたたちは別の便への変更ができない状況です」と何度も言う。そして、待つこと二時間以上、ようやく私を含む最後の八人ほどの乗客たちの新しい便が決まり、自分の便の情報が印刷された紙を受け取った。

「キャンセルになった飛行機に預けた荷物を荷物受け取りのターンテーブルのところに取りに行ってください。その後、新しい便の航空会社のカウンターでまたあらためてチェックインをしてください」

空港のカスタマーサービスの人はこのように言う。

その指示通りに荷物受け取りのところに行ったが自分の荷物が見当たらない。荷物受け取りのカスタマーサービスに事情を説明すると、別の番号のターンテーブルから十分後ぐらいに荷物が出てくるように手配してくれた。どうやら奥のどこかに荷物が保管されていたようだ。ベンチに座り、荷物が本当に出てくるのか心配になりながら待っていると、わりと早く荷物が出てきた。だが、それでまだ安心はできない。新しい便のチェックインカウンターに行かないといけないし、徐々に搭乗時間が迫って来る。

重い荷物を持ち、新しい便の航空会社のチェックインカウンターに向かった。その途中、何体かの彫刻が目に入った。そう言えば、この町に滞在中、広場などにある彫刻の素晴らしさに魅せられて、立ち止まって写真を撮ったりしていた。今朝は随分早くにホテルをチェックアウトして空港に行った。その時、歩いて地下鉄の駅へ行ったのだが、わざわざ三駅ほど先の駅まで早朝の町の様子を見ながら歩いて行った。その途中にも、まだ暗い中にうっすらと弱い照明に浮かび上がる彫刻が二体あった。男性と女性が立っている彫刻で昔の王様か貴族かといった雰囲気の衣装を着ている。その二体の彫刻の近くを通り過ぎ、その後、植物のつるのような曲線が目立つ変わったデザインの建物の脇を過ぎ、広場で周りの景色を見渡してから、地下鉄の駅への階段を下りた。そんな早朝のことを、空港の彫刻は思い出させた。この早朝の出来事が遠い昔のことであるかのように思われた。とても同じ日の出来事とは思えなかった。

新しい便へのチェックインカウンターは人が並んでいなかったので、チェックインをまだ受け付けているか少し心配になった。カウンターのスタッフに飛行機がキャンセルになってこの便に変更になった事情を言うと、すぐにチェックインの手続きを進めてくれた。

その時、私とほぼ同時に新しい便への変更手続きができた男性が、今度はこのチェックインカウンターの私のすぐ横の窓口にやって来た。その男性は野球帽のつばを後ろにしてかぶっていて、スケートボードか何かをしているような風貌で俊敏に動いている。

「ああ、君も同じ便になったのか、飛行機がキャンセルになっていろいろあったねえ」

「今度はちゃんと飛ぶように祈ろう」

搭乗ゲートに向かうが、歩いても歩いてもなかなか着かない。今日は歩かされたり立たされたり大変な目にあった。本来ならば直行便でもう目的地に着いているはずだった時間に、まだこの町の空港にいる。今度の新しい便には何が何でも乗り込んで、とにかく何か良い進展が欲しかった。お土産物屋や免税店を見る気分は全くなく、また、軽く食事をする気にもならず、すぐにとにかくすぐに早歩きで行く。サッサッサと早く。

搭乗開始の時間に間に合い、飛行機に乗った。座席に座ってしばらくしてもうそろそろ離陸かと思ったが、なかなか離陸しない。やはり、今日はスムーズに事が進んでいかない。アナウンスがあり、予定よりも十分ぐらい遅く離陸するということだった。どうやら離陸が込み合う時間のようで、順番を待っているようだった。

新しい予定では、直行便ではなく、別の飛行機への乗り継ぎをする必要があった。目的地に到着すると別の便の搭乗ゲートに向かうのだが、その間の距離が短いことを願っていた。さんざん歩かされたので、そのことばかり飛行機の中で考えていた。

座席に置かれている航空会社の雑誌に掲載されている、空港の見取り図を見て、搭乗券に書かれている次の飛行機の搭乗予定ゲートがどこにあるのか確認した。ただ、この今乗っている飛行機がどこのゲートに到着するのかはまだわからない。あまり歩かずに次の搭乗ゲートに移動できることを、ただただ願っていたので、何度も空港の見取り図が気になり、その度にそれが掲載されたページを見返した。

だが、心配していたのは、それだけではない。この飛行機の私の座席が後ろの方だったのがもう一つの心配の種だった。今日はいくつも心配の種がふりかかり、今日の天気予報は心配の雨あられ、といった様子だった。到着する空港が、この飛行機の航空会社が一番頻繁に使用している空港だ。なので、到着したらタラップの階段で下りてバスで空港の建物へ移動という形ではなく、おそらく飛行機と空港を連結して、前から順に直接空港の建物に歩いて入るという形だろう。となると、私のいる後部座席の乗客たちは一番遅くに空港の建物に入ることになる。

　到着するとその悪い予感は当たった。それだけではなく、空港の建物にようやく入ってから、自分の位置を確認すると、次の搭乗ゲートまで随分歩くことになることがわかった。さらに、到着したのが少し遅れたのだろう、もう既に次の飛行機の搭乗開始予定の時間になっていた。私は歩くのではなく、走らざるを得ない状況に追い込まれていた。

　もう一つ別の心配がここで生まれてくる。乗り継ぎの時間が短いと、預けた荷物が次の飛行機へ移動するのに充分に時間がなく、間に合わないことがある。もしも間に合わない場合は、預けた荷物は私とは別の飛行機で、後で到着することになるだろう。そして、荷物は後で空港から家まで運ばれて来る。ただ、私はできれば預けた荷物も目的地ですぐに受け取りたかった。

　預けた荷物が無事に乗り継ぎできるだろうか。この心配が頭をよぎりながら、まずは私自身の乗り継ぎも無事にできるだろうか、こちらの心配の方も大きい。

頭の中でいろいろな心配がぐるぐると回って私を苦しめていた。それと同時に、いろいろな人達の間をすり抜けるように走って通って行った。

息を切らせながら、搭乗ゲートに滑り込んだ。まずは、私自身は乗り継ぎができた。預けた荷物はどうだろうか。

自分の座席の上に、持ち込みの荷物を収納した。だが、私の少し後に入って来た女性は、小さなスーツケースを置く場所がなくて困っている。

「なんでみんな冬のコートやらなにやら、ここに置くんだろう、私のスーツケースの収容場所がないじゃない！」

文句を言いながら、他の乗客たちの服を詰めるように動かし、そこにできたスペースに、ようやくそれを収納した。

「私はこうしてコートは座席の上に収納せずに手に持っているのに、他の人達たら、なんで服をいっぱい上に置くのだろう！」

まだ文句は続く。隣に彼女の友達がいて、うなずいている。

私のすぐ隣には若い男性が二人、そして、前の座席には彼らの両親がいる。座席は真ん中の通路を挟んで左右に三席ずつだった。よく見ると、あの例の野球帽のつばを後ろにしてかぶっている若い男性、私と同じように飛行機キャンセルでえらい目にあった、あの男性の野球帽のつばがこちらを向いている。「あの人も無事に乗り継ぎができたんだな」と思った。だが、もう一人、私達と同じ目にあって同じ便に振り分けられた人、その人の姿が見当たらない。年配の女性だ。「あの距離を走って移動して乗り継ぎを滑り込みでするのは、まだ走れる年齢の私でさえつらかったのに、年配の御婦人には難しいだろう、とても悲しい」私は心の中で思った。なんという気の毒なことだろう。私がもしも年配の男性だったら、おそらくあんな長い距離の乗り継ぎの移動を走ってなどできないかもしれない。どうにかならないものだろうか、だが、こういうことはどうにもならないのが現実なのかもしれない。もちろん、飛行機は乗り継ぎの乗客を少し待ってから離陸してくれることがよくあるが、いつも待ってくれるとは限らないだろう、と私は思っている。だから、自分は走って乗り継ぐしかなかったし、あの野球帽の男性だっておそらく走ったのだろう。

飛行機は時々気流の悪いところで少しだけ揺れながらも、夜の空を順調に進んでいく。この便は夜遅くだから、これから乗り継ぎの乗客はあまりいないだろう。乗り継ぎがあるとしたら、国内線への乗り継ぎの人が何人かという感じだろうか。

私はまだあの乗り遅れた御婦人のことを思っていた。さらに、同じキャンセルされた便の乗客だった他の人達の姿も頭に浮かんできた。二日連続で同じ便がキャンセルになり怒っていた人達、それから、子犬を連れていた乗客、あの子犬は無事だろうか。別の便へ振り分けられた、その便の経路に不満を持ってふてくされた表情だった女性もいた。また、現地の言葉があまりしゃべれずにカスタマーサービスで新しい便への変更の手配をするのに困っていた人達など。

現地の言葉や英語があまりしゃべれない人々は、空港のスタッフがどう言っているのか、今どんな状況でどうすべきなのか、など理解できずに困っていた。私は英語がわかり、さらに、この空港の現地の言葉も少しならわかる。そのため、

「どういう状況なのか」と困っている人達から訊かれ、私が通訳のように彼らに説明した。

なんといろいろなことがあった日だろうか。というよりも、歩かされ、走らされ、立たされ、何か動きを誰かに指示されて「されている、やらされている」といったことが旅の最後に連続してあった。仕事ではない旅行で、本来ならばリラックスする旅行なのに、旅行の最後の移動でこれが多いと何か複雑になる。内省的になり、いろいろと考える。

この経験は体力的にも精神的にもちょっとやっかいなものだが、とにかくまずはこの飛行機が無事に到着すること、そして、預けた荷物が無事にこの乗り継ぎ便に移動されていること、そして、私自身が無事に家まで帰れること、ここまでできないと旅は完了しない。どうにか最後まで無事に旅を完了させたい、と願っていた。

後ろの座席で男性三人が話し込んでいて、その声が聞こえてくる。私の隣の二人はやや疲れているのだろうか、あまりしゃべらずに眠たそうな表情をしている。それでも、二人のうちの一人、まだ小学校高学年か中学生といった感じの男の子は時折、注文したコーラが入っていたプラスチックのコップをいじって何やら物思いにふけっている様子だった。すると、「パチン」と音がして、そのコップが割れた。プラスチックのコップでゴミに捨てるものなので、割れても問題になることはないが、その音がよく耳に響き、また、突然のことだったので、目が覚めるように驚いた。

私自身はいろいろと動かされて落ち着かない日だったが、この飛行機は順調に飛んだ。あのコップの割れる音を聞いてから一時間ぐらい経って、目的地に無事に到着した。ついに、この空港に私も着いた。あの野球帽の男性も着いた。だが、やはり、御婦人の姿がなく、悲しく思う。

預けた荷物を受け取る場所には、多くの人が集まっていた。あの野球帽の男性の荷物が出てきて、彼はそれを手に取る。乗り継ぎ便への荷物の移動が無事にできたみたいだな、と思った。すると、私の荷物も出てきた。とてもほっとした。それを手に取り、外に出た。

なんという長い日だったろう。時間を見ると、真夜中過ぎの十二時七分頃だった。当初の予定では午後三時頃にここに着いているはずだったのに、飛行機のキャンセルで真夜中過ぎとなった。だが、無事に着いたことは嬉しい。一方で、あの御婦人が気の毒だ。二日連続で同じ便のキャンセルの目にあった人達も。

いろいろなことがまだ頭をよぎる。もう真夜中を過ぎて翌日になっているじゃないか。この日はスムーズに進むといいが、どうなるだろうか。ここから自分が住む町へバスに乗ってすぐに帰る予定だったが、歩かされて走らされて立たされての繰り返しの挙句、体力的にも精神的にも疲れていた。空港のホテルに行き、受付の人に訊いた。

「予約していないのですが、空いている部屋はありますか」

「空いている部屋はあります。部屋によって値段は少し違います」

一番安い部屋にして、この空港のホテルに泊まることにした。

空港には真夜中過ぎだがまだ人が大勢いる。バーにも何人か人の姿があり、私は果実酒を注文した。周りにはビールを飲みながら新聞だか雑誌だかを読んでいる人、それから、元気な声で話し合っている女性四人組がいた。あまり込んでいないこのバーで、ゆったり座って飲んで周りの風景を眺めた。いろいろあったから、少し静かに落ち着いた時間がほしいと思っていた。

バーで時間を過ごしたこともあり、夜遅くに寝たが、ぐっすりと睡眠をとれた。朝は空港のレストランで朝食を食べた。空港で働く人達、例えば、両替所勤務のユニフォーム姿、空港で工事している人達、空港内のお店の店員のユニフォーム姿、などが同じレストランで仕事仲間と話しながら食事をしていた。

レストランを出ると、空港内を少し歩いた。真夜中過ぎよりも、やはり、賑わいがある。真夜中に閉まっていた薬局が開いていた。昨夜のバーは朝食のメニューを掲げて営業していた。これから飛行機に乗る人達が荷物をテーブルの脇に置いて食べている。ある一画では団体旅行のグループが集合写真をこれから撮る様子。空港の職員が頼まれてカメラを手に写真撮影をする。そこには笑顔が溢れている。売店ではぬいぐるみを持った赤いスカートの女の子が父親と一緒に品物を見ている。空港の搭乗ゲートへのセキュリティーチェックの所はまだあまり人がいない。空港のスタッフが困っている乗客の手助けをしている。昨夜よりも賑やかだが、まだ込んでいる様子はなく、乗り遅れそうで走っている人の姿もなかった。外は曇り空だった。

さて、無事に家に帰れるだろうか。その後は、今までのことが嘘のように、空港からバスで何事もなかったかのように順調に家に帰ることができた。部屋にいると、聞こえてくる音が、がらりと違っていた。あまり音がない。ここには人がいない。静けさが嬉しく感じられる。

２０１６年の、この旅行の帰りの出来事は、今後も心の中に残っていくように思われた。ほっとした感じとドラマの後の興奮した感じが入り混じっている。ベッドに座って一息ついてから、スーツケースを開けて荷物を出す。「やれやれ、ようやく旅が終わった」と心の中でつぶやいた。空港でのことが、映像になって、ぐるぐると映写機がいつまでも止まらないかのように、再び押し寄せてきた。

この大変だった出来事は、その後、時間が経過していき、不思議と面白い経験のように思われてきた。スーツケースを見るたびに、「ああ、あんなこともあったな」と思い出すのだった。

再会

この駅に降りると私の感覚は高まり、感覚が研ぎ澄まされてきた。この町に来るのは何十年ぶり、昔の思い出が頭をよぎる。目の前に広がる町の風景を頭に焼き付けたい。さまざまな情報が頭を飛び交っている。「寝てはいけない、起きていろ」と頭の声が叫んでいるようだ。

何十年か前と同じ建物が目の前に見えて、少しホッとした。前に訪れた時は友達も一緒にいた。その友達のことを思い出した。曲がっている道を歩いていると、「この道も以前、歩いたかもしれない」と思った。新しい店もあるようだが、昔の雰囲気はまだまだ残っている。

この名所の建物は博物館になっている。何十年か前もこの博物館を訪れた。

展覧会を見た。この建物やここに住んでいた人物についての資料、この町の歴史に関する資料などが展示されていた。窓からは中庭を見ることができる。天井が低い部屋が続く辺りはちょっと閉鎖的。壁が石で薄暗い。何百年か前の建物の雰囲気がする。

町の広場を歩いている時、人波の中に、ある人物の像が見えてきた。以前、見たことがあるような気がする。何十年か前に来た時に一緒にいた友達の声が聞こえてきた。

ミネソタで星空を見る人

ショッピングセンターに入ると、そこは電気の明るい光に満ちていた。満足した様子で買い物袋を持っている人達、一方で、まだ探し物が見つからずに、うろうろしている人達もいた。ここにはありとあらゆる種類のお店が入っていた。

しばらく行くと、楽器店があった。１９９７年、あの頃は自分が弾くのに面白そうなピアノ用の楽譜を探していた。ここにはクラシック音楽の楽譜もあれば、ジャズやポップスの楽譜もあった。棚から何冊か取り出した。頭の中で楽譜の音をピアノで弾いているイメージを浮かべたりした。二冊ほど、弾けそうなものを選んで購入した。

外に出ると、既に空は暗くなっていた。もう夜が始まっている。バス停には、若い男性がいた。

「きれいな星空だね」と話かけてきた。

「本当にきれいだね」

うなずきながら答えた。男性は遠くの空を見ながら、何かを考えているような表情をしていた。

この辺りは平らな地域が広がり、そのために、大地の広さを感じ、空の広さも感じる。すると、自然と遠くを見たいような感じになったりする。大地や空の向こうの方に何があるのだろうか、そんなことが頭をよぎってくる。果てしなく続く空間、それを感じて、その広さを前に自分の小ささを感じたりする。自然の雄大さを思ったり、自分はどうやって生きていくのだろうか、などと哲学的になったりする。この地域で広い星空を見ると、先程まで大きな事に思われていたことが些細な事に感じたり、先程まで忘れていた本当に大事な事を急に思い出したりする。

私は星空を見ながら、思いを巡らしていた。隣の若い男性も同じように、まだ星空を見ていた。やがて、バスが来て、私達はそのバスに乗った。窓から外の風景を見ると、ふと、先程購入した楽譜のことを思い出した。

私が住んでいる所の近くのバス停で降りた。川岸の道をしばらく歩き、家に着いた。ここからは川は見えない。川岸に立っている木々は少し見える。

次の日、近くの川岸にある公園を歩いた。黄葉が美しい木々が並んでいる。この公園は広く、それだけではなく、川幅も広いので、向こう側が遠くに感じられる。

ベンチに座っていると、ジョギングしている人が時折、通り過ぎる。散歩をしている人が近づいてきた。私の知り合いだった。

「向こうの小さな滝の方の黄葉が素晴らしくきれいだよ」

そう言われると、気になってくる。

小さな滝の方へ向かった。歩道の周りは草原のような地帯だったり、木々に囲まれたり、場所によって雰囲気が変わる。木々に囲まれた中、小さな滝が見えてきた。その滝の近くに、とても美しい黄葉の木々が見える。時折、風が吹いて、その黄葉の葉の集団がさらさらと揺れて、音楽を奏でた。そして、風がやむと、その音楽が止まった。その一方で、滝の水の音は絶え間なく聞こえていた。時々、鳥の声が聞こえたり、鳥が木の枝を揺らして、どこかへ飛んでいくのが見えたりした。

川岸の大きな道路に戻っても、まだしばらくは黄葉、滝、鳥などのことが頭に残っていた。時折、ジョギングをしている人がすぐ近くを通り、「やあ」と私に声をかけた。川岸はジョギングするのに気持ちが良いのだろう。この日も多くの人々がジョギングをしていた。

家に戻ると、机の上に置いた昨日購入した楽譜が目に入った。それを譜面台に置いて、弾いてみた。練習の途中、ふと、窓から外を見ると、この日も美しい星空だった。昨日のバス停の若い男性も、この星空を見ているのだろうか。そんなことが頭をよぎった。

夏は向こうで冬はこちら

アンティーク家具の店が、道の両側にある。シャンデリアがいくつも天井からぶら下がって光っている。店の外壁には、石で作られた胸像が、今日もこの通りを見守っている。アンティーク家具の店を通り過ぎてから、服、財布、ベルト、ハンドバッグ、指輪、アクセサリーなど、ウインドーに飾られた商品を見ながら歩いて行く。

広場では、若者が音楽を演奏している。その周りに聴衆がいて、子供達は母親と一緒にメリーゴーラウンドに乗っている。ある小さな子供は、木馬の上で威勢よく両手を上下に動かして、ニコニコしている。その様子を見てほほえむ人達がベンチに座っている。

町の中心にある別の広場では、いつものように観光客の姿が目立つ。団体がいて、先頭には目印になるものを上に掲げているガイドがいる。いろいろな言語が飛び交う。

美術館では、今日も多くの人々が行列を作って、入場の順番を今か今かと待っていた。私は冬に行列が少ない時に何度か訪れていた。美術館の建物を過ぎると目の前に川が現れた。この辺りの川岸からは近くの美しい橋が見えるので、今日も観光客が写真を撮っている。

川岸の歩道を歩き、橋を渡り、左へ曲がった。向こう側に、先程、通り過ぎた美術館が見える。美術館の上の方には窓がいくつかあり、それらの窓を通して館内をゆっくり歩いている人々が見える。以前、何度かあの部分を歩いたことがあり、あそこに今いる人達のように、こちらの風景をあそこから眺めたことがあった。今回はその逆で、私がこちらにいて、あそこの建物や人々を見ている。冬の行列が少ない時に、あの美術館へ行って、その時に向こうからまたこちらを眺めよう。

それから、五カ月経ち、季節は冬になった。あの美術館には、行列はなく、すぐに入場できる状態だった。中に入り、上の方の階に行き、窓から外の風景を眺めた。

「この美術館は、夏、すごく混むんですよ。今は冬で、すぐに入れたけれども」

近くで若い女性が、帽子をかぶった男性に話している。

向こうには、夏のあの日、私がこちらを見て立っていた道があった。そこから誰かがこちらの方を向いていた。

美術館からの帰り道、広場では、誰も音楽を演奏していなかったが、子供達はメリーゴーラウンドに乗っている。アンティーク家具のお店の外壁には、石で作られた胸像が、この通りを見守っている。その胸像が今日も無事にそこにいるのを見て、ほっとした気分になった。

洗濯機の音などどうでもよいと言いたいが

いつまでここにいることができるのか、わからない。将来の私、どうなるのだろう。そういうことが頭に浮かんでくる。一方で、今、ここで生きていること、無事にここにいること、そのことをありがたく思う。部屋の中を歩き回って、考え事をしている。

近くに住む人が洗濯機を使っている。その音がうるさく聞こえてくる。その音を消したいが、どうしようもない。一時間ぐらい続くだろうか。私の部屋から壁一つだけ隔ててその機械がある。その機械では服がぐるぐると回っているのだろう。きっと安い洗濯機なんだろう。回転の音、どうにかならないものだろうか。ついそんなことを思ってしまう。安い所に住んでいるから、これぐらいは仕方ない。テレビでは恐ろしいニュース。苦しい状態で暮らしている人達の姿。洗濯機のことなど、どうでもよくなる。無事にここにいること、そのことをありがたく思う。

だが、やはり洗濯機の音が気になる。外にしばらく出ようか。外出する元気はない。埋もれて過ごすことになりそうだ。それにしても大きな音だ。毎週、聞こえてくる。毎日ではないが。テレビの音声も聞き取りづらくなる。テレビの音を大きくする。音を浴びて過ごす。

そんなことを思っていると、あの音は止まった。そして、数時間後、忘れかけた頃、夜になって再びあの音が聞こえてくる。

この日は落ち着きがなく、自分の部屋の中を歩き回る。この町で、あの音が鳴り響く時はいつもこんな感じだ。

公園

　丘の頂で周りの風景を眺めていた。眼下には貨物船とコンテナが集まる港が見える。さまざまな色の四角い箱のコンテナが何段にも積み上げられ、大型の貨物船も三隻、その近くに見えた。コンテナを移動するクレーンも何基か見えるが、今はどのクレーンも動いていなかった。遠くの海にも貨物船が三隻見え、そのうちの一隻がゆっくりと動いていた。

　別の方向を眺めると、新しい高層ビルがポツリポツリと古い建物の群れの中から上に向けて頭を飛び出しているかのように見えた。昔の建築の方を指差して、「あの建築はきっと教会だろう」などと言い合いながら眺めている人もいる。のんびりした気分で過ごしてから、坂道を下りて行った。歩道を進んだ先に、公園が現れた。子供達の笑顔が走って来る。楽しい時間だ。近くを歩いている人が「コーヒーでも飲まない？」と、横の人に話しかけていた。その声が私の耳にも入ってきた。それにつられるように、声の方向を見ると、その二人はカップルのようだった。

「そうだなあ、コーヒーでも飲んで休もうか」と、私も思った。カフェの外のテーブルに座り、コーヒーを注文した。テーブルの近くには、時折、鳩がやって来た。どうやらパン屑が地面に落ちているようで、それを目掛けてやって来るようだった。

ウェイターが来て、コーヒーをテーブルの上に置いた。隣では、小さな子供とその両親がベンチに座っていた。その近くではやや大きい子供達が、かけっこをしている。子供達の笑い声が時折、聞こえてくる。

コーヒーを飲み始めてしばらくすると、何だろう、ザブン、ザブンと、水が弾けるような音が聞こえてきた。そのすぐ後に、叫んでいる声や、拍手と歓声が聞こえる。気になったので、コーヒーを飲み終わると、音のする方向へ歩いて行った。

そこには屋外プールがあった。「そういえば、この公園にプールがあるとは聞いていたが、これがそれなのか」と思った。よく見ると、友達が水泳の飛び込みをしていた。

「今、天気がいいだろ、最高の練習場所だよ」

私を見つけると、友達はそう言って、また飛び込みの練習を続けた。

太陽の光がキラキラと輝く中、水に飛び込む彼に手を振ってから、その場を離れた。飛び込みの音は徐々に小さくなっていった。カフェの近くでは、相変わらず、子供達がかけっこをして遊んでいる。丘の頂には町を眺める人がいる。貨物船がだんだん大きくなってくる。高層ビルも近づいてくる。公園で心地よい一時を過ごした後、その余韻を感じながら、徐々に町の喧騒の中に戻って行く。

眠りにつく

エディーは公園のベンチに座っていた。周りで子供達がかけっこをしている。もうどのぐらいここに座っていただろうか。気になって腕時計を見た。二時間ぐらいここにじっと座っていたことがわかった。そういえば日差しは大分柔らかくなってきた。若い頃と比べると、今はかつての六分の一ぐらいしか動けない。あるいは、八分の一ぐらいか。足は弱ってしまった。だが、そうは言っても、ここで野宿するような気はない。彼は立ち上がり、再び歩き始めた。

町のカフェに入ると、窓際の席に座った。デニスという名の若い店員に言った。

「コーヒーを頼むよ」

「はい、わかりました。おじさん、久しぶりだね。元気ですか」

「ああ、君か。久しぶり。なんとかやっているよ」

エディーの近くには、彼が若い頃のこの町の風景を写した写真が飾ってあった。

「ずいぶん前の写真だが、このカフェに前から飾ってあったかなあ」と思いながら、眺めていた。若い店員がコーヒーを持って来た。

「はい、コーヒーです」

「あの、この写真だが、なつかしい。前からこの店にあったかなあ」

「昨日、フリーマーケットで見つけたんです。どこの町の写真かはわかりませんが」

「いや、この町だよ。昔はこんな風景だったんだよ。前は店はほとんどなく、人もあまり住んでいなかったんだよ」

「えっ、この町ですか？いやあ、教えてくださって、ありがとうございます。いやあ、全然今と違いますねえ。のんびりとした感じがしますねえ」

「ああ、そうだよ。かつてはのんびりしていた」

若い店員は別のお客さんが立ち上がって勘定をしようとしているのに気づいたの

で、エディーにうなずいてから、その場を離れた。

それから五十年経ち、デニスは近くの公園のベンチに座っていた。「もう俺も足が動かなくなってしまったなあ、かってはカフェで動き回っていたのだが」、と自分の体力の衰えを嘆いていた。腕時計を見ると、もう二時間も座っていたことがわかった。彼は立ち上がり、町を歩いた。いや、町はもう寂れてしまっていた。かつて多くあったお店の大半はこの町から出ていってしまった。彼が働いていたカフェは、店の大きさを半分に縮小して、かろうじて営業を続けていたものの、もう後何年もつだろうか、といった状態だった。デニスは、そのカフェに入った。年配の店員のテリーがデニスに挨拶をした。

「やあ、今日もあまりお客がいないようだが、大丈夫か」

「はい、なんとか」

「ああ、君はたしかNという都会の出身だったなあ。最近は人が減ってしまっているようなことをニュースで聞いたが」

「はい、私の故郷も人が少なくなりまして、今は都会とは言えないような状況で、小さな町の一つといった感じで。ところで、あそこに飾ってある町の写真はなんでしょうか」

「ああ、この町のかなり前の風景のようなんだ。実は私がフリーマーケットで買ったものの、何の写真だかよく知らなかったんだ。それを、何という名前だったか、よくこのカフェに来ていたお客さんが教えてくれたんだ、この町の昔の姿だと」

「へええ、この町は栄えていたのは知っていましたが、さらにその前は、そんなに遠い昔ではない時、今と同じように寂れたというか、のんびりとした町だったんですね」

「俺も驚いたんだが。まあ、調べれば、こういう資料はすぐ出てくるんだろうが、あの頃はこのカフェで忙しく働いていて、この町が昔どうたったか、そういうことに気が回らなかったし、何の写真か全くわかっていなかったんだ。あのおじいさんのお客さんが、この写真がこの町の昔の風景だ、と教えてくれたんだ。そして、私の若かった頃は、この町には多くの店がやって来て、人口も増えて大きな町になった。だが、今は寂れてしまった。この町は、結局、栄えたのは一瞬だったと言えるのかもしれないなあ。まあ、俺なんか、一度も大成功したようなことはなく、この人生を終えようとしているんだが」

「そんなこと言わないでください。このカフェのスターだったじゃないですか」

「俺が？いや、町が繁栄していたおかげで、このカフェに人がやって来ただけで、俺自身はどうってことないんだよ」

かつてここの店員だったデニスは、年配の店員のテリーといつまでも話を続けたが、お客さんは誰もやって来なかった。

それからさらに二十年後、この町には誰もいなくなってしまった。いつかまた繁栄する時を夢見て、町はしばらく眠りについた。

雪だるま

少女は、寒さを感じながら外を歩く。雪が降っている。木々の枝や幹に白い降ったばかりの雪がのっかっている。水墨画を思いおこさせる風景。丘の近くの野原を歩く。この辺りは、夏は緑の草があふれ、花が咲き、野ウサギも見られるのだが、今は、緑の草も見えず、花もなく、野ウサギはどこかに隠れているようだった。丘の林は雪化粧をしている。そんな中、木の幹の赤い色が時折、少し目に入る。松の木かもしれない。

少し小高くなった所では、子供達がソリに乗って下りていく。下では親がそれを見守っている。「私も乗りたいなあ」と思う。

部屋に戻って本を読んでいると、上の階の子供が走っている足音が聞こえてくる。それにつられるように、少女は、また体を動かしたくなり、再び外に行った。今度は雪の上を歩く自分の足音が聞こえてくる。

雪はやんでいるようだが、先程よりも、さらに少しだけ雪は積もっているように思えた。スーパーの近くでは大きな犬をつれてバス停のベンチに座ってたたずむ二人がいる。そのうちの一人が何か声を発すると、犬がその人に寄ってくる。それを見て、少女は微笑んだ。

雪でシャリシャリとしている地面を歩く。雪がやみ、ひっそりと静かな日曜日。そう、しんと静まり返ったかのよう。降ったばかりの雪に囲まれて、少女は、何か少し良い意味で引き締まったような、新鮮な気持ちになる。子供の遊び場には雪だるまができている。誰が作ったのだろう。

雪だるまは少女に言う。

「今日は、これから大雪になるから、家にいなさいよ」

本当にそうかなあ、と思いながらも、少女はすぐに帰宅し、その後は家にいた。するとその夜、大雪が降った。

次の日、大雪はやんだが、雪だるまは形がくずれていた。少女は、雪だるまが何かささやいたように思えた。

「私は大丈夫、今日もこれから大雪だから、家にいなさいよ。大雪は二日続くよ。二日間は、家にいてね、その後は、大雪はないから」

その言葉通り、大雪が二日続いた。雪だるまは、雪に埋もれて跡形もなくなってしまった。その冬は、もう大雪はなかった。

春になると、少女は、雪だるまのことは、すっかり忘れていた。だが、それから、二十五年が経ち、その少女は母親になり、自分の女の子と雪だるまを作った。その女の子が「雪だるまが何か言ってるみたい」と言うのを聞いて、ハッとして昔のことを思い出した。

明日も図書館、川のこちら側

彼は、ドーム天井の建物の入口にいた。近くには、ベージュ色の柱があり、その柱の向こうを若者が通っていった。前はちょっとした広場になっている。夏は緑の芝生の上に多くの学生がいるのだが、この季節は誰もいない。

今日はこれから図書館に行こうと思うが、どの図書館にしようか。図書館は川のこちら側と向こう側にある。大学の構内には図書館が何棟かあり、それぞれ得意分野がやや異なる。川の向こう側の図書館へ行く時は、川べりの大きな岩の塊が目に入る。寒い冬の日は、重い灰色の空の下、それが怪物のように自分をにらんでいるかのように思うことがある。

あまりの寒さに「悩まし気な冬」と言いたい時もあるが、一方で、その厳しい冬で室内にこもって考え事をしていると、暖かい町から来た彼にとっては、深く思考するのに良い時間を与えられているようにも思われる。そう無理やりにでも思って過ごしていないと、厳しい冬にまいってしまうような気が、どこかでしているのかもしれない。

今日は、橋を渡らず、川のこちら側の図書館にする。さっそく棚から本を何冊か取る。読みながら気になる箇所を紙にメモしていく。「これこれこうだから、こうだ」という、どういう論理でこの学者はこう考えているのか、それを把握しようとする。

二時間ほど、ここで本を読んだり考えたりして過ごした。時折、いろいろなイメージが頭に浮かんでくる。想像の世界をふくらませようとする。読書を中断して、周りの本棚を眺めたりすることもあった。気づくと、近くで友達が本を読んでいた。その友達も彼のことに気づいた。話はせずに黙ってお互い手であいさつした。
外を見ると、いつの間にか暗くなっていた。歩道には電灯が既についていた。もうそろそろ帰ろう。

オレンジや白の電灯が並んでいる道を歩いてから歩道橋を渡る。橋の方を見ると、橋の上の電灯の光が等間隔に並んできれいだ。歩行者の姿もぽつりぽつりと見える。

川岸の道を歩いて行くと、別の橋が見えてきた。この橋では車が多く、歩行者の姿はない。大きな橋で、向こうには、まず、木立があり、そのさらに向こうに、何棟かの高層ビルがあった。ビルの四角い窓には明かりが見える。

電灯に見守られながら、歩道を進んでいく。馴染みのスーパーで食料を少し購入した。店内では、最近、流行の音楽が流れていた。見上げると月がよく見えた。

　ようやく住んでいる建物に着き、部屋の窓から外を見た。近くに電灯の光があり、遠くの方では川の向こう側の高層ビルの光が見えた。少しだけ川も見える。あの高層ビルの辺り、最近はあまり行っていないなあ。冬はまだ続きそうだ。なにしろ、外は冷凍庫のような状態、外にアイスクリームを一週間、置いておいても大丈夫、とけないだろう。この寒さの中、あまり長い距離は歩きたくない。あの川にかかっている橋はかなり長い。川の向こう側は冬の寒さで余計、遠くに感じる。明日も川のこちら側の図書館で済ませたい。それにしても図書館が、川のこちら側にあるのは本当に助かるなあ。やはり、この寒さだと、なかなか川の向こう側に行く気がしない。

「明日も図書館、川のこちら側」、と心の中でつぶやく。

高級な雰囲気をちょっとだけ

店の前を歩くたびに自分の姿が店のガラス窓に映る。ガラス窓は埃や汚れがなくピカピカと彼女の横に現れる。時々、立ち止まり、店内の様子を外から見てみる。今の彼女には値段が高すぎる洋服やバッグなど、だが、それらの質感が見ているだけで心地よく伝わってくるようだ。ドアに立つ警備員の向こうには、お客達の姿。さらに奥の壁にはファッションショーの動画が流されている。歩行者に向けてブランド品の最新作の披露を続けている。

近くの観光名所では多くの人達が建築の前で写真を撮っている。その中に入る入場券を購入する人の列が歩道に溢れている。その横を高級服の紳士淑女が堂々と歩いていく。自信たっぷりといった雰囲気だ。一方で、歩道に溢れる観光客の集団はこれから中を見学する建築のことをいろいろと想像して胸が高まっている。家族同士、恋人同士、友達同士、お互いにそれぞれ目を輝かせながら話をしている。そんな中、待ちくたびれて不満顔の小さな子供達もいる。

タクシーからは御婦人が買い物の紙袋を両手に抱え、ホテルの門番といった装いの男性に支えられて降りていく。その横には高級ホテルがあり、中に入る勇気はないが、外から中の様子を眺めては別世界の空気をしばし感じる。Ｔシャツ姿の観光客の群れも同じようにそのホテルを外から眺める。その集団の中の一人がホテルについてガイドのように説明をしている。

バスは町の広場に向けて走っている。それに乗ろうかどうか迷った。だが、もう少しこの高級な感じが散らばっている界隈を歩き回る。

歩道の左手にバーが見えてきた。そこでは高級服を着ている人達と庶民的な格好の人達がみんなでスポーツや有名人の話をしていて盛り上がっている。高級な服もたまには庶民的な服と交わる。

バーの隣にはまた別の有名ブランドの店。その店の窓近くのディスプレイを見る。そのディスプレイとガラス窓に映る自分の姿が重なる。そこには庶民的な服を着た自分がいて、ディスプレイのマネキン人形たちが着ている高級な服が別世界に思える。あんな高い服は一生、手に入らないだろう。それはわかっているが、時折、この界隈を歩き、高級な雰囲気をちょっとだけ感じる。

杖、音、思考

ほのかな朝日がカーテンの向こうから部屋の中へ入っていた。私は静かに注意深く起き上がると服を着替えた。杖を右手で持ち、ゆっくりと部屋の中を歩いてみた。

なぜ杖を持って歩くのかというと、事故に遭ったために右足の具合が悪くなったからだ。足の具合がこんなにまで悪くなったのは大人になってから初めてだった。以前は、足はとても調子良い感じだった。今年はランニングを頻繁にするようになり、「この調子ではそのうちマラソンにでも挑戦できるかな」とまで内心、思っていたぐらいだ。それが急に事故に遭い、右足を痛めてしまった。

今ではだいぶ良くなったが、まだ少し痛む。この町に来るのは久しぶりで、昨日、ここに着いた。今回は、仕事の話し合いをしたいのと、友達に会いたいと思っている。初めの数日は、ゆっくりと過ごすつもりだ。

さて、もうそろそろ今日の活動を始める時間だ。とは言っても、今日から数日はゆっくりと過ごす。まずは朝の食事。杖を使いながら様子をみながらゆっくり歩いて朝食の部屋へ行った。

ホテルの人と挨拶を交わした。ホテルの人は快活な若者で、彼の表情を見て、少し元気をもらった感じがした。なぜか少しだけ良い気分になった。

何組かの家族が既に朝食を食べていた。小さな子供が自分で果物を取りたがっていた。果物は棚のやや高い所に置かれていたので、母親が取って渡した。テーブルや棚の上に朝食用の食べ物や飲み物が置かれている。そこから自由に皿に取って食べるスタイルだ。スライスしたチーズ、キュウリ、その他の野菜、ハム、何種類かのパン、それらを二つの皿に取っていった。食べ物や飲み物が置かれている所から近いテーブルが空いていたので、そこに座った。杖は立てかけておいた。飲み物は水とコーヒーを飲むことにして、水をグラスに、コーヒーをカップに入れてテーブルの上に持って来た。

目の前の大きな時計が目に入る。アンティークだろうか、古い時計だな、と思いながらパンを食べる。テレビではニュースを流している。音量がゼロになっていた。座った席からはそのテレビの映像は見えなかった。私の前方に座った人が時折、頭を傾けて、そのテレビの映像を見ているようだったが、あまり熱心には見ていない様子だった。

食事の最後にコーヒーを飲み、気分が良くなったのを感じ、杖を右手で持ち、ゆっくりと歩いて行く。朝食部屋のホテルの従業員たちは忙しそうに動いている。この部屋から私の部屋は近い。自分の部屋に着き、ベッドの上に横たわる。朝食の時間が終了してからしばらくの間、フォークやナイフなどをまとめているような、何か金属質の物がぶつかるような、そんな音が聞こえてくる。ささいな音で、以前なら特に気にならなかったと思われる音なのだが、なぜか耳をすませて興味を持って聞いた。この右足の具合が悪くなってから、前はあまり気にも留めなかった音や、あまり気にならなかった物体など、それらが急に気になることがある。一つには、前よりもゆっくり歩くようになっているためだと思う。もう一つは、右足を休ませるために、座って休んだり、横たわったりする時間が増え、そういった時に、以前は、あまり気にも留めなかったと思われる音が、時々、聞こえてくる。今は、こういう音が聞こえてきて、不思議に思う。この「フォークやナイフなどをまとめているような、何か金属質の物がぶつかるような」、そういう音が、向こうの朝食部屋から聞こえてくるのを意識するのも、自分には不思議な感じがする。前だったら、そういう音が聞こえてきたとしても、ここまで頭の中に入ってきただろうか。聞こえていたとしても、あまり気にも留めず、そんなに意識しなかったのではないだろうか。

十二時半ぐらいになって、部屋の掃除の人の音が近づいてきた。私はカバンを持ち、杖を右手で掴んだ。ゆっくりと歩いて、エレベーターに乗るとすぐにホテルのレセプションのある地上階に着いた。レセプションの人に挨拶をしてから、外に出た。

ホテル近くの、電車の駅の辺りまで歩くことにした。杖を持ち、足元の感触を確かめるようにゆっくりと進んでいった。レストランや洋服店などの前を通り過ぎた。目の前に大きな鉄道駅への出入口が見えてきた。駅前からバスに乗って、丘に行ってみたいと思った。このバス停には何本かの路線のバスがやって来る。私が乗ろうとしているバスは、すぐには来なかった。太陽の光が私に当たっていた。「もうそろそろかな」と思い始めた時、そのバスが来た。

バスは町の中心を走って行った。途中、窓から川が見えた。しばらくすると上り坂になった。徐々に私の目的地の丘が近づいてきた。丘のバス停で降りた。停留所の近くには赤紫色の花が三輪、寄り添って咲いていた。その植物を観察して、写真を撮った。じっくり見たことは今でも覚えているのだが、だからと言って、どんな花だったか、詳しくはあまり思い出せない。その花を観察している時も、足のことが少し気になっていたのかもしれない。ただ、その赤紫という色が強く印象的だったことと、周りの大木に比べてかなり小さな草だったことは覚えている。この丘の上でこの鮮やかな赤紫色の花と出会えるとは思っていなかった。うれしい気持ちになった。

バス停から道路を横断して、もっと眺めの良い地点へ向かった。右手で杖を持ち、時折、地面を見ながらゆっくり歩いて行った。この町の中心にある有名な建物が何棟か見えた。川も見えた。手前には大木が何本かある。近くでは若者達が興奮した表情でこの風景を見ていた。町の中心のいろいろな建物や川などが一望のうちに収められるからだろう。さらに、それだけではない。この日は晴れていたので、眺めがなお一層良かった。興奮するのも無理はない、と思った。ここには何度か訪れたことがあり、興奮するというよりも、ひさしぶりに再び見ることができたという、何か安堵のような気持ちでいた。とはいえ、よく考えると、私も少しは興奮していたように思う。

バスがもうじき来るので、杖を持ちながらゆっくりバス停に戻った。あの赤紫の花を、もう一度、じっくり見た。そこには太陽の光がさんさんと降り注いでいる。あと何日ぐらい、この花は咲いているだろうか。

バスには空いている席があって良かった。右足の具合が良くないと、乗り物で席に座れるかどうか、前よりも敏感になる。行きのバスとは違うルートだったが、丘から丘の下にある鉄道駅に戻るので、必然的に今度は下り坂を初めは進んでいった。

鉄道駅からは、右手に杖を持ち、再び歩いた。ここからホテルまでは近い。五分ぐらい歩いて、ホテルの玄関に到着した。レセプションの人は、今日出かけた時に見た人とは違う人になっていた。

部屋から外を見ると、太陽の光がさんさんと向かい側の建物の壁面に降り注いでいた。道に少し張り出すようにテーブルと椅子が何脚かある。ホテルの向かいの建物はジェラート屋で、そのお客達がそこのテーブルの所で佇んで何かを食べていた。それだけではなく、そこからお客達の声も私の部屋まで上がって聞こえてきた。はっきりと何をしゃべっているのかまでは聞こえないのだが、話し声の漠然とした音のようなものが聞こえてくるのだった。窓から右の方を、首を伸ばしてずっと見ていくと、二本の通りが交差する辺りの地点がギリギリ視界に入った。その辺りより先はここからは見ることができなかった。その二本の通りが交差する辺りは、向かいの建物の壁面よりもさらに明るくなって見えた。交差して広くなったスペースに太陽の光が入り込んでいるのかもしれない。

その日の夜、ベッドに横になっていると、時折、何かの音楽が聞こえてきた。それは、ジェラート屋のお客達に向かって、アコーディオン奏者が演奏しているのだった。暗くなった夜の中、電気の光がロマンチックな雰囲気を演出していた。

翌朝、窓から外を見ると、ジェラート屋は閉まっていた。まだ営業を始めるには早い時間帯なのだろう。向かいの建物の天井の上に少しだけ空が見えていた。鳥が威勢よく飛んでいて気持ち良さそうだった。

ホテルのレセプションの人と挨拶を交わしてから、杖を持ちながら、近くの露店が並ぶ道へ行く。左右の露店の商品を眺めながら、ゆっくり進む。商品のカラフルな彩りが目に入ってくる。

教会の脇で人々が座っている場所がある。歩きながら、どの辺りに座ろうか、考えた。場所を見つけ腰を下ろした。人々の往来がある。座ってくつろいでいる人々がいる。目の前を、時折、素敵なファッションの人々が通り過ぎていく。向かいの建物群は一階が商店だったりするが、二階から上は人が住んでいるのかもしれない。青空を背景に鳥が飛び交っている。ここに一時間ぐらいだろうか、座って佇んでいた。

時計を見ると午後一時だった。私はある場所に行く用事があった。この辺りは相変わらず混雑している、と思いながら進んでいった。

その場所は博物館の近くだった。友達が私を見つけた。

「やあ、元気かい？　足は大丈夫か？」

「ああ、元気だよ。足もだいぶ良くなったよ」

足の会話で始まった。その友達がよく行くレストランへ食事に行った。

友達がレストランの人々と話をしてから、私を彼らに紹介してくれた。私達は話をしながら何を注文するのか考えた。注文を済ませてからは、会話がさらに盛り上がった。

レストランでデザートまで食べてから外に出た。友達が私に言った。

「今日はこれから時間が空いているけれども、バスで丘に行ってみようか」

「いいねえ。そうしよう」

昨日行った丘だったが、もう一度行ってみたい気分でいた。

私達はバスに乗った。風景を眺めながら、話をしながら短いバスの旅は続いた。丘のバス停に到着した。私はバス停の近くのあの花を見た。まだ赤紫の花が咲いていた。何か気分が少し高揚し、そして、安堵の気持ちも同時に湧いてきた。

右手に杖を持ちながら、眺めの良い場所へ、ゆっくりと歩いて行った。友達も私の歩くペースに合わせるように歩いていた。眺めの良い場所までは、足が元気だった頃は、かなり短い時間で行くことができていたのだが、今は杖を持ってゆっくりと少し時間がかかる。そのゆっくりとした時間にいろいろなことが頭をよぎったり、今まで見過ごしていた風景が目に入ったりする。あのバス停の近くの赤紫の花も、前だったら、見過ごしていたかもしれない。眺めはどうなのだろうか、今回はどういう眺めなのだろうか。昨日気づいたが、あんな所にベンチがあるんだなあ、それから、あれはジェラートか何かを売っているお店だろうか、など、いろいろなことを思いながら歩いて行く。

スケートボードと音楽

喫茶店の外の席が木陰になっている。パン屋ではクロワッサンやサンドウィッチを買う人が並んでいる。徐々に御馴染みの音が聞こえてくる。ガラガラとした音だ。

彼はガラガラとした音を出している人達がよく見えるベンチに腰をかけた。それはスケートボートをしている若者達だ。スケートボードに乗って少し前に進んでから跳びあがる、同時にスケートボードを回転させる、車輪が再び地面に着いた状態のスケートボードの上に跳躍から下りて両足をうまく着地させる。そういうことをやっている人が多い。要するに、スケートボードを回転させせ、その間に自分も跳びあがる、そして、跳躍後の着地をうまくスケートボードの上にする。自分が跳躍している間にスケートボードを回転させる。これがうまくできる時とできない時がある。

うまくできないと、両足とスケートボードが不安定な格好でぶつかりスケートボードだけがガラガラと音を立てて路面に転がったりする。あるいは、跳躍の後、スケートボードの上ではなく地面に着地し、スケートボードの方は車輪を上にした状態で少しズルズルと動いたりする。いずれにしても、うまくいかない時は、何か「ガラガラ」という音がするように思える。

うまい人になると、スケートボードと一体になってジャンプして、スケートボードごと近くの台の上に着地し、さらに台からスケートボードと一体になって下りていくという技を見せる。ただし、いつも成功するとは限らず、失敗するとこちらもボードが「ガラガラ」と音を立てて地面に転がる。「ガラガラ」というのは、実際の音というよりも彼の頭で連想する音なのかもしれない。彼にとっては「ガラガラ」という音なのだ。他の人にはどういう音に思えるのかわからないが、彼にとってはなぜか「ガラガラ」という音を頭の中で連想させる。

このように、いろいろな技を練習していたり披露していたりするのだが、特別に驚愕と感動の嵐を呼ぶ技が決まると、仲間達が笑顔で自然と近づいてきて祝福する。


ふとよく見ると、スケートボードの若者達の中に友達のラウラがいたので、彼は声をかけた。

「今日も練習かい？」

「そうだよ、やっぱりこれが好きで今日もここにやって来て朝から練習さ。ギターは練習しないの？」

彼はギターをすぐ近くに置いてベンチに腰掛けていた。そのギターをケースから取り出し、何か弾こうとする素振りを見せたが、結局そこで止めた。

「明日、いつもの場所で演奏するから、よかったら」

「わかった、じゃあ、明日」

彼はこの場を離れてからも、スケートボードの動きや音を思い返す。翌日は音楽仲間といつもの場所で演奏をする。ラウラとスケートボード集団も来るだろうか。彼の頭には、この日に町で見かけたことや感じたことが音楽となって聞こえてくる。「ガラガラ、ガラガラ、ガラガラ」という音とともに。

カモミールティー

旅行で撮った写真のフォトアルバムを見ていた。テーブルの上にはカモミールティーの入ったティーカップがある。カモミールの香りを感じながら、ゆっくりと飲む。

そんな時、あることを思い始めた。あれは、いつのことだったろうか。

草原では、気球に乗って空へ向かって浮かんでいこうとしている人達がいた。その気球の籠の中の人が何やら近くの人に大声で言っている声が耳に入ってきた。

「ゆっくり、のんびりと空からの眺めを楽しんでくるつもりだよ。準備は、ほぼ終了した。じゃあ、また、後で会おう」

左手の方には、雑木林があり、さらに薄暗い奥の方には何かの煙突のようなものが見えた。その煙突のようなものの方へ向かって細い歩道がある。あの辺りはどうなっているのだろうか。ふとその歩道を見ていると、入っていく人の姿があった。

私も入ることにした。歩道は、うっそうとした木々に囲まれていて、別世界に行くような道を抜けると、煙突が近づいてきた。古い住宅の煙突のようだった。歩道はその建物の脇を通る。さらに奥へと進んで行った。

川が見えてきた。川岸の石で遊んでいる子供達がいる。川の水はきれいで透明だ。石で、でこぼこした所を歩いた。どこまでも続くような石の集団が終わると、今度は足元が柔らかい感触になった。川岸の土手へ上がり、近くのカフェへ入って行った。

カフェでは小さな子供を連れた家族がいた。心を静めたいと思ったので、カモミールティーを注文した。建物の裏から聞き覚えのある声が聞こえてきた。すると、裏の方の出入り口からお客さんが現れた。どこかで見たことがあると思った。カフェの人が、「今日の空はどうでしたか？」と声をかけた。お客さんは、あの気球の人だった。その様子を見ていると、私も気球でどこかに飛んでいきたい気持ちがした。

カモミールティーが私のテーブルに運ばれてきて、それをゆっくりと飲んだ。時間をかけてじっくりと味わうように。香りを感じながら。

ゆったりとした気分になってきた。そう思った時、鳥の鳴き声が聞こえ、その声は徐々に大きくなり頭の中で響いてきた。何だろう、と思った。周りを見ると、見覚えのある部屋にいた。カーテンの向こうから柔らかな光が入っていた。鳥の声は外から聞こえた。

どうやら眠っていたようだった。夢を見ていたのだろう。近くのテーブルにはカモミールティーを飲んだ後のティーカップが置かれていた。その隣にはティーポットがあり、まだ少しカモミールティーが入っていた。

ソファーの上にはフォトアルバムがある。アルバムには植物の写真、川の写真、煙突の写真、気球の写真など、旅行で撮った写真が収められている。

何かの夢を見たであろうということは覚えているのだが、どういう夢を見たのか、細かい内容は徐々に忘れていった。「どんな夢だったろうか」と考えるのだが、よく思い出せない。

カモミールティーを飲んでリラックスすれば、またあの夢に戻れるだろうか。だが、その夢とはどういう内容だったろうか。それが気になりだしてどうにもならなくなった。棚からジャーマンカモミールのハーブを取り出し、カモミールのハーブティーを作ることにした。また、ゆっくりと味わい始めた。カモミールの香りに包まれ、心が静まっていくようだ。先程の夢のことはすっかり忘れていた。

白い壁

男は、部屋を見回した。ここは小さな部屋だがシンプルな作り。短期間、滞在するには、これでも過ごしやすいかもしれない。だが、長期間いるには、この男にはつまらない部屋に思えた。白い壁に囲まれた中、男はベッドの上に座って休む。

ふと顔を洗いたくなり、ドアを開け、洗面所に入る。ここには小さな窓が一つあり、こちらの壁面も白だ。どっしりとした大きな鏡が男に迫ってくる。鏡は男がここに持って来て設置したものだった。鏡を覗き込むと、男の顔の右に、電車を撮った写真が小さく映っていた。振り返り、白い壁にかかった、その写真を見る。男が撮った写真だ。再び鏡を見る。ふと、目を閉じて、何かを思い出した。

「窓からの風景は、ずっと同じようだね」

「いつまでも続く風景。同じような音。眠くなるわね」

「どこで乗ったんだっけ」

「どこで乗ったのかも、もう覚えていないわ」

「どこで降りるんだっけ」

「それも、もうどうでもいいわ。そもそも、駅ってあるのかな」

「少なくとも、会話は繰り返しじゃないよね」

「え、繰り返しかもよ。十分前も同じこと話していたかも。十分後も同じかも」

そして、その会話がまた続くのだった。電車は、同じ音を続けて、終点がないかのように延々と走り続ける。窓からの風景も同じような風景が続く。

「あれは変な夢だったな。でも、今の自分、あの夢のような感じもする」

男はつぶやいた。

男は鏡の中の自分を再び見てから、洗面所の小さな窓を開け、外の様子を観察した。今日も、昨日と同じような光景。

「やはり、今日も同じか」


洗面所を離れ、ベッドに座る。白い壁が前にある。男はこの部屋を借りている身だ。「壁には手を加えてはいけない」と言われている。

「白い壁、白い壁、ここはいつも白い壁」

頭の中で、青い色の壁を想像したり、黄色の壁を想像したりする。気づくと、そういえば、昨日も同じように想像していた。おそらく明日も。


ところが、この部屋の白い壁の最期は突然にやって来た。数年経った、ある日、「この建物は取り壊されることになったから、ここから出るように」、と言われてしまった。

男は引っ越した。だが、同じ作りの部屋だった。また白い壁がある。男は、鏡と電車の写真を、前と同じように、洗面所に設置した。同じようなことが続くのが、つまらないと思っていた男は、いつの間にか、同じようなことが続くのに安心感を覚えるようになっていた。男は、いつか見た夢を、再び、思い出していた。

おもちゃの乗り物が冬眠している頃

眼鏡に雪があたり、それがとけていく。そのため、辺りが少し見えにくくなる。スーパーの近く、雪があまりふきこまない所で立ち止まり、眼鏡を拭いた。スーパーに入ると、お客は私一人だった。店員も今は一人だけのようだ。その店員は品物の整理か何か、作業をしている。私は買う物を選び、レジに持って行った。店員もレジに来て、会計をすませた。外に出ると、スーパーの出入口の近くに、ソリが置いてあった。雪のある歩道に電気の光があたり、キラキラと光る。小さな宝石がちらばっているかのように地面の雪が輝く。

犬の散歩をしている人が「跳ばないで」と犬に言った。私はその人と少し立ち話をした。年配の女性だった。自分の犬が跳んで通行人が驚かないように、犬に「跳ばないように」と言っていたのだ。にこやかに和やかな表情で私に話をしてくれた。私もその人の表情を見て、寒い天気で硬くなっていた体をほぐされていくかのように、気分が良くなった。

木々に雪が多く積もっている。松も白い雪を身につけて、その存在感を示している。野原の中の歩道を歩いていく。私の他にも何人かこの歩道を歩いている。テニスコートには、大きく膨らんだ覆いがかけられている。夏はその覆いはなく、ごく普通のテニスコートなのだが、冬には覆いが出現し、何かそこだけ異空間のように見える。冬は覆いの中でテニスをするのだ。今日はその中から音が聞こえてくる。きっと誰かがそこでテニスをしているのだろう。前方に歩道と道路の合流地点がある。道路を走っていたバスが、近くの停留所で止まった。

アパートの近く、子供の遊び場では、滑り台の下に、おもちゃが並んでいる。雪がおもちゃにあまり積もらないように、そこに置いたのだろう。その中には、子供が乗って遊ぶ「おもちゃの乗り物」もあった。春になると、子供達はこの乗り物をガラガラと、にぎやかな音をさせながら乗りまわっている。今は、おもちゃは冬眠しているようだ。

静けさの中、雪の道に足跡を残しながら歩いて行く。犬の散歩の人と、また、すれ違う。犬も足跡をつけていく。だが、そのうち、足跡は雪に埋もれて消えていく。寒さの中の静けさが続く。おもちゃも動かずじっとしている。

ヘルシンキへの小旅行

２０１５年のある日、フィンランド南西部の町、トゥルクにいた。これからヘルシンキへ一泊だけの旅行をする。トゥルクの長距離バスターミナルに着くと、外の広々とした空間で初春の太陽の光を浴びながら、ヘルシンキへのバスを待った。午後四時二十八分のバスなので、二十分ぐらいまだ時間があった。

近くのホテルでは、何カ国かの国旗がポールの上で風に揺れていた。太陽の光が当たっていて、旗の色彩が輝いているようだった。他の停留所からバスが発車したり、到着したりして、その度に乗客が乗ったり降りたりする。やや向こうにはタクシーの一群が待機している。そのタクシーに向かって歩いている人もいる。のどかな雰囲気の中、人々や乗り物の動きが広がっている。

私の乗るバスが来た。他にも何人か乗客はいたが、この時間帯は特別に込む時間帯ではないのだろう。乗客はそれほど多くない。私は前の方の座席に座る。二人掛けの座席が真ん中の通路を挟んで両側にある。よく見かけるような長距離バスの感じだ。あまり込んでいないので、一人で乗っている人は二人掛けの座席の両方を一人で使っている。たいてい窓側の方に座って、通路側の席の上に荷物やら服やらを置いている。二人で乗っている人は、二人掛けの座席に仲良く（あるいは実際はそれほど仲が良くはないのかもしれないが、私には仲が良いように見える）、隣り合って座っている。

バスがターミナルを出ると、すぐにトゥルク大聖堂の近くの停留所に止まり、また何人か乗客を乗せた。その後は、いよいよトゥルクの町を後にしてどこかへ行く、といった小旅行の感じがしてくる。私は目が疲れているので、両目をつぶってその疲労を和らげようとした。時折、目を開けてみると、草木が広がっている。車の流れが見える。腕時計を見ると、午後六時十五分になっていた。ヘルシンキの町に大分近づいていた。

午後六時四十分、ほぼ時刻表の予定通りの時間に、バスはヘルシンキの長距離バスターミナルに到着した。ずっと座っていたからか、一瞬、地に足がちゃんとついていないような感覚がした。後ろにいた人が私を追い越して、先に前の方へ歩いて行った。私も続いて、ヘルシンキの町の人込みの中に入って行った。

雨が降っていたが、折り畳みの傘を使わないでホテルまで行けそうに思えた。ところが、交差点で信号を待っていると、雨が激しくなってきた。多くの雨粒がジワリジワリと集団で私の洋服を襲う。

ホテルに着き、ようやく雨から逃れ、ほっとした。受付の女性がこちらに気づき、私はフィンランド語で話しかけた。英語でもチェックインはできるのだが、今回はフィンランド語ですることにした。何度か泊まったことのあるホテルでどんな感じかよくわかっている。受付の人が、「部屋に関して眺めなど何か希望があるか」と私に尋ねた。私は「特にない」と答えた。

特に希望はないと言ったので、どんな部屋に泊まるのだろう、と思いながら少し期待と不安が入り混じった感じでエレベーターに乗った。エレベーターを降り、廊下のカーペットの上を歩いていくと、その部屋はあった。中に入ってみる。まず初めの印象は、「思っていたよりも広いじゃないか」という感じだった。このホテルに一人で何度か宿泊したことがあるが、もっと狭い部屋になることの方が多かった。私の場合、時には逆に狭い部屋の方が動きやすくて良いと思うこともあるが、今回に関してはこの広い部屋で良かったような気がする。自分の住んでいる家の部屋がごちゃごちゃとした感じになっているので、何かこのぐらいの広い空間にゆったりと一日過ごすのが今の自分には良いかもしれない。そんなことを考えたりした。

すぐに近くのレストランへ行くことにした。ヘルシンキを一人で訪れる時によく行くレストランだ。ハンバーガーのメニューが多いのだが、いわゆるファーストフードのお店といった感じではなく、ある程度のボリュームのあるハンバーガーが食べられる。私の食べる量に合ったボリュームのハンバーガーなのだ。それに、味もわりと好みの感じだし、何より一人の時にはこのようなレストランは入りやすい。実際、この日も近くの席では私と同じように一人で食事をしている人もいた。レストランの中は、何か落ち着く感じがする。少し広々としているのと、店内に流れるゆったりとしたテンポのジャズ、壁面などのベージュや茶色の色彩がそういう感覚にさせるのかもしれない。私が席に座ると、ウェイトレスが近づいてきた。

「英語のメニューをお持ちしましょうか」

「いや、なくてもフィンランド語でわかりますが」

「念のため、英語のメニューも持ってきました」

フィンランド語のメニューだけでも大丈夫だったが、折角、持ってきてくれたのだからと、英語のメニューも見ながらどれを注文するのか決めた。ハンバーガー以外のメニューもあるようだが、やはり今回もいろいろあるハンバーガーの中から選んだ。左側の後ろのテーブルでは数人で食事をしている人々がいるようで、時折、その方向から声が聞こえてくる。少し前方の方には一人で男性がハンバーガーを食べている。さらに前の方でも何人か食事をしているようだった。

ハンバーガーが自分のテーブルの上に置かれた。ボリュームのあるハンバーガーで、オニオンリングも二つあり、フライドポテトも付いている。ボリュームがあるので、ハンバーガーの中央にやや大きな楊枝のようなものが刺してあり、崩れないようになっていた。久しぶりに食べるハンバーガーだった。肉の所にはチーズの黄色い色も見えた。フライドポテトのカリッとした食感が口の中に広がる。肉の部分と野菜とパンの一部を同時に口に入れると、そのコンビネーションの味がたまらなく良い。そんな感じで味を楽しんで食事をした。勘定を済ますと、「キートス（ありがとう）」とフィンランド語で言ってくれたウェイトレスに右手で合図のようなポーズをとってから、ドアを開けて外に出た。

ヘルシンキでは夜に町中をテクテクと長時間、歩き回りたいと思う時もあるのだが、今日はあまりそういう気分ではなかった。

ホテルの部屋の窓から外を眺めた。今回の部屋からは向いの建物の様子が見える。お店が何軒か並んでいる。ちょうど向いの建物の二階部分が良く見えた。生地か何かを売るお店のようで、売り物の生地の色彩と質感が心地よくこちらにも伝わってくるかのような気がした。近くにはパン屋もあった。あのパン屋へいつも訪れようと思うのだが、なぜかまだ店の中に入ったことがなかった。通りを歩く人の姿も良く見えて、大きな町に存在する活気のようなものを少しだが感じた。窓からの眺めがどんな感じだか把握してから、ベッドの上に座って、本を読み始めた。一時間ぐらい本を読んでいると徐々に目が疲れてきて、それを合図にベッドに横になって眠りに入った。ふと目が覚めると、まだ午前二時三十分だった。

ゆっくりと立ち上がり、椅子に座ってしばらく今日のこと（真夜中を過ぎたので昨日となっていたが）などを思い返してみたりした。明日（実際はもう今日になっていたが）はヘルシンキで友達と会うことになっていた。その友達はヘルシンキから少し遠くの町に滞在しているが、ヘルシンキまで来てくれるのだった。

友達と会ったら、どんな感じで町を歩くのだろうか、などと、頭の中でヘルシンキの地図を広げて想像していた。町のどの地区へ行くと良いだろうか、路面電車に乗るだろうか、あるいは、徒歩だけで移動するだろうか、あるいは、美術館かどこかへ行くことになるのだろうか。想像の中だがちょっとした旅行をしていた。そんなことを考えていると、いつの間にか時間が過ぎていった。アラームの音が鳴り響き、想像の小旅行から現実の世界に戻った。

ホテルを出て外に行くと、この近辺の多くの店はまだ閉まっているようだったが、中には店内に明かりが見える場所もあり、そういう所に人が一人、二人と入って行く。東の方からの朝日が低く地面を優しくなでるように西の方へ向かって輝きをもたらしていた。

ふと時計を見ると午前七時三十分になろうとしていた。気が付くと、ホテル近くの、あのずっといつかは行ってみたいと思っていたパン屋が今日の営業をまさに始めようとしていた。店内から人が現れ、店のドアを開けた。すると、一人、二人とそこのお店に入る人がいる。私もそれらの人々に続くことにした。店内には私の好きなパンの匂いが漂っていて、どこか夢見心地にさせた。クロワッサン一個だったら今食べられるような気がした。もっとお腹がすいていたらいろいろなパンを買いたくなっただろうが、今はあまりお腹がすいていない。もちろん、後で夕方にでもお腹がすいた時にこのお店に戻って来ることもできるかもしれないが、その頃には歩き回って疲れて、ここに戻る余裕はないかもしれない。それにパン屋のパンは買ったらすぐに食べたくなるので、今買うパンはすぐに食べたい。今はクロワッサンを一個だけ買うことに決めた。店の人がそれを素敵な薄く澄んだような青色の紙袋に入れてくれた。

　部屋で椅子に腰かけ、クロワッサンが入った紙袋をそっと開けてみた。床にこぼさないように紙袋からクロワッサンの一部だけを出して、それを口に入れて、サクサクと食べ始めた。やはりクロワッサンはいいなあ、と思って嬉しくなった。

　その朝はクロワッサンの匂いの余韻を体に感じながら、ホテルをチェックアウトした。リュックサックはホテルに預けたので身軽になった。友達が乗る長距離バスがターミナルの停留所にもうじき来る予定になっていたので、そこへ向かって歩いて行った。

まだ友達のバスは到着していなかった。しばらくそこで待っていると、少し遅れてやって来た。お互いに姿を見つけると、久しぶりの再会を喜んだ。

この日はヘルシンキを友達と歩き回った。いろいろな場所を歩いてヘルシンキの中心の雰囲気を感じた。ヘルシンキから見る海では、小さな波の動きの中に太陽の光が当たっていた。ヘルシンキ大聖堂の白い壁面の色は青い空を背景にして目が覚めるような輝きだ。ヘルシンキ中央駅の正面入り口には今日も男性のような形をした像がランプを手に持っている。そういう像が正面入り口の右と左に二体ずつ、合計四体、壁面から町の人達を見つめている。友達もヘルシンキを楽しんでいる様子だ。私達は町を歩き回った後、カフェに入り、そこで足を休ませながら、またいろいろと話をした。

午後三時頃になり、友達がヘルシンキから離れる時間が近づいてきたので、バスターミナルに向かった。バスに乗って席に座るのを見届けてから、私はバスターミナルを後にした。再び町を歩いて、画材屋で少し買い物をした。そうしているうちに私が乗るトゥルクへのバスの時間が近づいてくる。ホテルに一旦戻り、預けていたリュックサックを取ってから再びバスターミナルへ行った。

午後五時三十分頃、トゥルクへの長距離バスはヘルシンキを発った。しばらくヘルシンキの町の風景をバスの窓から眺めていたが、じきにその風景は草原や林の風景となり、ヘルシンキからいつの間にか別の町へ移っていた。少し寝ては少し目を覚ますということを繰り返した。目を覚ますと、時折、西の方からの太陽の光が私の顔にまぶしく当たっていた。その光に覆われた西の方にバスは進んでいく。午後七時四十分頃、バスはほぼ予定通りの時刻にトゥルクに到着した。バスターミナルの近くでは今日も何カ国かの国旗が風に揺れて動いていた。

第二部　海外での生活、経験、思考

ミネアポリスとフィンランドは繋がっていた

　私の中では、アメリカのミネアポリスとフィンランドは繋がっています。１９９７年から１９９９年、ミネソタ大学（University of Minnesota）で約二年間、フィンランド語を勉強しました。この時、ミネアポリスに住みました。アメリカに行く前からフィンランド語を勉強しようと思っていたわけではなく、ミネアポリスでの、ある偶然の出会いがきっかけとなり、フィンランドの方へ進んでいきました。

　ミネソタ大学で勉強する前、私は１９９６年に早稲田大学人間科学部を卒業しました。早稲田を卒業後は外国に留学したいと思っていました。そして、１９９７年にミネソタへ行くことになりました。ミネソタ州のミネアポリスに住み始めたのは、二十三才ぐらいの時でした。フィンランドとの深い繋がりは、ミネソタから始まりました。

ミネソタに来る前は、フィンランドというと、フィンランドのクラシック音楽のピアノ曲のＣＤを家で聴くことがあったことと、Ｆ１のレーシング・ドライバーとして当時、活躍していたミカ・ハッキネンがフィンランド人であること、これらの印象があって気にはなっていましたが、だからといって、本格的にフィンランドについて勉強しようとは思っていませんでした。ミネソタで当初は他のことを勉強しようと思っていました。

ですが、ミネソタに到着してすぐにフィンランド人の留学生と会ったことが私の人生を大きく変える出会いとなりました。その人とフィンランドについて話をしているうちに、フィンランドに対する興味は膨らんでいきました。そのフィンランド人の友達は、フィンランドで乗馬をしている写真などを見せてくれました。それらの写真もフィンランドに対しての関心を深めるきっかけになりました。

「なんという自然だろう」と思いました。そして、ミネソタ大学でフィンランド語を教える授業をとってみることにしました。そしたら、その授業が面白く、フィンランド語に、はまっていきました。

ミネソタにいた時は、何度か引っ越しをしました。そのうちの一つ、ここには半年以上は住んでいたと思いますが、そこは大学の寮ではないのですが家具付きの部屋でした。そこにはテレビが自分の部屋にあって、それをよく見ていましたが、昔のテレビで画面が白黒でした。かなり古いテレビなのでしょう。ですが、まだちゃんと使うことができました。そのテレビにリモコンがあったかどうかは、はっきりとは覚えていませんが、かなり昔のテレビなので、おそらくリモコンはなかったような気がします。私の子供の頃、何歳の頃だったか、幼稚園児の頃か小学生の頃か、１９７０年代後半か１９８０年代初め頃だったでしょうか、私が育った家で昔使っていたテレビは、たしかリモコンがなく、テレビ局のチャンネルを替える時はテレビに付いているダイヤルのようなものをガチャガチャ回すというものだったと思いますが、そのテレビでも白黒ではなくカラーだったと思います。そう考えると、ミネソタで使っていた白黒テレビはかなり古い物だったと思います。面白い経験をさせてもらいました。ちゃんと動いてくれたことを、ありがたく思います。フィンランドで白黒の映画をテレビなどで見たり、黒いペンだけで白い紙の上にドローイングを描いたり、という自分の行動を考えると、白黒の映像や画像の世界にひかれる性格を持っているのかもしれません。この白黒テレビでテレビを見ていたということは、私の白黒にひかれる性格を刺激する経験だったのでしょう。

それから、ワイズマン美術館（Weisman Art Museum）のすぐ近くの寮に住んだこともあり、この美術館の辺りを頻繁に歩いていました。また、ミネソタでは、ウォーカー・アート・センター（Walker Art Center）にも何度か訪れたことも良い思い出となっています。

もう一つ、ミネソタで印象的なことの一つは、１９９７年から１９９９年までミネアポリスに住んでいたのですが、その頃は大学のコンピュータ室でインターネットを使っていました。私がいつも使うコンピュータ室のコンピュータでは、日本語で書かれたウェブサイトはほとんど「文字化け」していました。「文字化け」しているというのは、つまり、日本語で書かれたウェブサイトは正しく表示されず、何が書いてあるのかさっぱりわからない状態でした。私が使わない別のコンピュータ室では日本語が使えるものが何台かあったのかもしれませんが、私の使う部屋では日本語はほとんど「文字化け」でした。なので、母へＥメールを送る時はローマ字の日本語で書くことが多かったです。私がミネソタにいた頃（１９９７年から１９９９年）は、今のように外国に小型コンピュータを持って行くというのは、まだ一般的ではなかったように思いますが、どうだったでしょうか。実際、私はミネソタにはコンピュータは持って行きませんでした。その代わり、ワープロ専用機を持参し、短編や詩を書いたりしていました。

いずれにしても、この頃は、大学の、ある図書館に設置されたコンピュータ室でインターネットを使っていました。コンピュータ室の部屋の近くにはタイプライターも何台かあったような気がします。「今も使えるのだろうか、どうやってタイプを打っていくのだろうか」など、頭の中で想像が膨らんでいくような感じだったと思います。私の記憶に間違いがなければ、タイプライターが何台か置かれている所の脇を通ってからコンピュータ室のドアを開けたように思います。コンピュータ室は、たしか図書館の地下にあったと思いますが、どうだったでしょうか。ミネソタ大学にいくつかある図書館の中では蔵書の数が多い方の図書館という認識を私は持っていました。

考えてみると、私がミネソタにいたのは、もう二十年以上も前の話になります。そして、そのミネソタでの生活を終えてからは、まだ一度も再び訪れることがなく、二十年以上も経っています。なので、ミネソタでのことは、覚えていることもあれば、一方で、中には何か夢の中の話のように頭の中でぼやけたような感じに残っていることもあります。あるいは、自分では「覚えている」と思っていても、「いや、本当にそうだったろうか」と少し疑心暗鬼になったりすることもあります。ミネソタでの経験は、自分の中では、良い意味で、とても不思議な感じに思えます。ミネソタでの約二年の日々は、他の時間と違う色彩を帯びた日々のように今では思えます。今思うと、「若かったから、こういうことをした」ということがいっぱい詰まっている日々のような気がします。もっとも、時間が経った今だから、こんな風に言えるのですが。というのは、ミネソタでの約二年は、かなり精神的に苦労していた時期でもありました。一方で、私はまだ若く、その若さで苦労を乗り越えていた部分もあるのかもしれません。だが、若さが苦労を増やした部分もあります。要するに、とても不安定な感じの自分でしたが、そういう中、フィンランド人との出会いがあり、フィンランド語の勉強に打ち込むようになったり、日本語の短編や英語の詩を書き始めたり、ミネソタにいる時に始まった大事なことが多くあり、そういうことから考えると、人生の中での大きな転換期になった時でした。

私の場合、ミネアポリスでフィンランド人に会って話したことから、フィンランドとの繋がりがどんどん深くなっていきました。今思っても、不思議な偶然なでした。ひょんなことから、思わぬ方向に進むことはあるんだなあ、と今振り返って思います。

ロンドンで子供と大人として

　自分にとってロンドンというと、日本以外の町で、子供と大人の両方の時に住んだ所として、少し特別な思いがあります。

　ロンドン生活は、二度を合計すると、約二年、暮らしたことになります。一度目は小学校六年の頃（１９８５年頃）、約一年三カ月、家族でロンドンにいた時です。二度目は大学生として、ロンドン大学のユニヴァーシティー・カレッジ・ロンドンの中の SSEES (School of Slavonic & East European Studies) で１９９９年９月頃から２０００年６月頃までの約十カ月、フィンランド文学、フィンランド語、ハンガリー語、ハンガリー文化を勉強した時のことです。

ミネソタ大学でフィンランド語を勉強していた時、ロンドンでもフィンランド語を教えている大学があるということを知りました。その大学にコンタクトをとりました。初めからロンドン大学での勉強は約十カ月と決めていましたが、授業についていくのは大変でした。特に、私にとってハンガリー語は難しく、実際、ロンドンでハンガリー語を勉強したものの、ハンガリー語は今ではほとんど忘れてしまっています。とはいっても、ハンガリーへはその後、よく訪れる機会があり、その旅行の時に、ハンガリー語を勉強して良かったと思いました。ハンガリーについても勉強したのは、ハンガリー語がフィンランド語と同じ言語グループに属しているということが一つの理由でした。一方、フィンランド語については、その後、フィンランドに住むことになり、ミネソタとロンドンで約三年、フィンランド語を勉強したことはとても役に立ちました。

ロンドン大学の学生としての生活で印象的なことの一つは、約十カ月という予定でしたので、テレビを購入しないで過ごしたことです。１９９９年９月頃から2000年6月頃にかけての約十カ月でしたが、インターネットは自分の部屋で使わず、テレビもなしで過ごしました。その当時、インターネットを今のように無線（ワイヤレス）で接続するのはまだ一般的ではなかったような気がします。つまり、無線（ワイヤレス）での接続ではなく、ケーブルで接続する方法が一般的だったと思います。自分のコンピュータはロンドンに持ってきていましたが、自分の部屋ではそのコンピュータは短編を書くなどワープロ専用機のように使うことが多かったです。インターネットを使う時は大学のコンピュータ室で使っていました。この方法は当時の感覚だと別に不思議ではなかったと思います。部屋にテレビを置かず、インターネットは大学で使い、ＤＶＤは持っていないという状態で、部屋では動画をほとんど見ないで過ごしました。この頃、ポップスなどの音楽ＣＤに動画が少し付いているものが売られているという時代で、それを購入してコンピュータでそれらの動画をたまに見ていた以外は、部屋では「動く画像」はほとんど見ない状態でした。そんな中、やはり何か動く画像を見たくなり、どうしたかというと、よく映画館に映画を観に行くことになりました。

大学生ということで、映画は一般料金より安く観ることができました。好きな映画は二回以上、映画館で観ました。水曜日と週末、映画館へ行くという習慣になりました。このロンドンでの大学生の時に、最も頻繁に、映画を「映画館で」観ました。

レスター・スクエアやピカデリー・サーカスの周辺の映画館に行くことが多かったです。大学の寮に住んでいましたが、その場所がラッセル・スクエアとユーストンの間ぐらいで、コヴェント・ガーデンを経由してレスター・スクエアやピカデリー・サーカス周辺まで、寮から映画館まで地下鉄を使わずに徒歩だけで行くことができました。ロンドンをご存知ない方にもわかるように言い換えると、要は、寮がロンドンの中心にあり地下鉄を使わずに歩いて、いろいろな場所へ行くことができました。

一方、一度目のロンドン生活の時、私が小学校六年の頃（1985年頃）、家族でいた時、状況が違っていました。私の家族はロンドンの地下鉄のノーザン・

ラインの駅、「ウッドサイド・パーク」から比較的近い所に住んでいました。今は、ロンドン日本人学校は移転して違う場所にありますが、当時、ロンドン日本人学校はカムデン・タウン駅の近くにありました。私は地下鉄のノーザン・ラインに乗って、ロンドン日本人学校に通いました。週末、家族でロンドンのどこかへ出かける時は、やはり、地下鉄に乗るか、父が運転して車で行くか、でした。もっとも、近くのノース・フィンチリーに買い物に行く時、あるいは、近くの公園のようなスペースに散歩に行く時、こういった時は歩いて行きましたが、一度目のロンドンでの生活は地下鉄をよく使っていました。それに比べると、二度目のロンドンでの生活では意外とそんなに地下鉄は使っていなかったような気がします。

なので、ロンドンの地下鉄というと、一度目のロンドン生活のことを思い出します。地下鉄が線路の上を走る音が好きで、乗ると、その音をよく聴いていました。今でも、もしもロンドンに行くことがあれば、地下鉄のエスカレーターで膝を曲げて視線を低い位置に置いて、ちょっぴり子供の時のロンドンに想いを巡らそうとしそうです。

スヌーカー

フィンランドに住んでいて、イギリスのロンドンを感じさせる出来事がありました。フィンランドでスヌーカー（snooker）というスポーツの試合をテレビで観ました。スヌーカーについて話すには、私の場合、自分のロンドンでの生活経験、地下鉄での通学経験などが関係してきます。

私は以前、二度、ロンドンに住んでいたことがありますが、今話すことはそのうちの最初のロンドンでの生活のことです。一九八五年頃、私が小学校六年生の頃、年齢で言うならば私は十一才ぐらい。平日の朝は地下鉄のノーザン・ラインに乗って通学。地下鉄ですが私が乗る駅では地上を走っています。周りには会社員風の人達。それらの人達はフィナンシャル・タイムズ紙などの新聞を手に持っていたように思います。ある時、隣の会社員風の人が小学生の私に英語で質問をします。

「この電車はバンク駅経由か？　チャリング・クロス経由か？」

私は英語で答えます。

「バンク駅経由だと思う」

ノーザン・ラインはバンク駅を通る電車とチャリング・クロス駅の方へ行くものがあるので、他の乗客にどちらの電車なのか訊かれることがありました。今はどうだかわかりませんが、当時は、車掌による次の駅名案内の車内放送は普通、なかったような気がします。

　フィンチリー・セントラル駅で多くの人が乗ります。駅では「マインド・ザ・ドアーズ（閉まるドアに気をつけろ）」という駅員の声。イースト・フィンチリー駅。ここの駅員の声は威勢がよかったように思います。ここでも「マインド・ザ・ドアーズ」と駅員が言いましたが、特に「ドアーズ」の所で声の調子を上げていたように思います。つまり、「閉まるドアに気をつけろ」を名調子で言っている感じ。電車はその後、地下へ入り、ハイゲート駅から駅のホームも地下になります。ハイゲート駅。一面のタイルといった印象。次はアーチウェイ駅。ここの駅員はやや冷静な声で「マインド・ザ・ドアーズ」と言っていたように思います。さらに何駅か停車した後、カムデン・タウン駅。私はここで降ります。

駅の近くには、おもちゃ屋があったように記憶しています。そのおもちゃ屋には、小さな「スヌーカー」の台（テーブル）が窓の向こうに飾ってありました。このスヌーカーについては日本ではまだあまり知られていないようですが、イギリスなどで盛んなスポーツ。どんなスポーツかと言えば、ポケットビリヤードに少し似ています。日本で知られているポケットビリヤードと同じようにキュースポーツ（cue sports）の中に含まれています。イメージとしては玉突きの一種という感じに思っていただければよいかもしれません。

私はそのおもちゃ屋のスヌーカーの台を眺めて、小学校への道を歩いていきました。その台は子供向けなのでしょう、実際の台よりも小さいものでしたが「あの台が欲しい」とよく思いました。その頃の学校通学のクライマックスの一つは、そのおもちゃ屋の前を通る時でした。そうして学校に到着。授業を受けます。午後に小学校の授業が終わり、地下鉄を使って家に戻ります。今度はテレビでスヌーカーの試合を観て過ごします。

その後、おもちゃ屋にあったスヌーカーの台は父が買いました。いや、あのおもちゃ屋で買ったのかどうかは覚えていませんが、どこかのお店で父がスヌーカーの台を買いました。子供も使う台です。家で何度か楽しみました。

スヌーカーのプレイを楽しむ時は、技術を高めようという意識はあまりありませんでした。技術的な面は、子供の自分にとっては難しく思えた部分があったのかもしれません。玉のどの部分をどういう角度でどんな感じで突くと、玉はこういう動きをする、などの技術がありますが、そういうことは、ちょっとだけかじった程度だったように思います。そういう技術的な面は、私よりもむしろ父の方が関心を持っていたかもしれません。子供の私は、そういうことよりも、スヌーカーの玉を突く時に玉と玉がぶつかる音や、キュー（cue）という棒で玉を突くのだが、その棒と玉が触れる時に体に伝わる感覚、ある種の振動といったらよいのでしょうか、こういったところが純粋に好きでした。

この台は帰国時に父が日本に持ち帰りました。子供も使う台といっても、六人用の食卓ぐらいはあるイメージで、かなり大きいものでした。

ロンドンの思い出が詰まったスヌーカー。その試合の様子を今度はフィンランドで、テレビで観ました。フィンランドに住むようになっても、ロンドンと私は今でもスヌーカーを通してつながっているかのように思いました。

フィンランドで展覧会の時

フィンランドにいて、自分がテレビ出演することになったのには、当時、かなり驚きました。もう随分前の話になりますが、アーティストとしてフィンランドのテレビ番組に出演したことがあります。

２００５年２月５日（土曜日）、フィンランドのテレビ局 Yle（TV1）のテレビ番組「ラウアンタイヴェッカリ(Lauantaivekkari)」（午前九時五分から午前十時）に番組の「この週のアーティスト」として出演をしました。約５分のインタビューを受けました。

この時はちょうどヘルシンキの画廊で私の個展をする時期で、その画廊が私の個展情報をいろいろな所に送ったのですが、そこからテレビ番組が私のアートのことを知り、興味を持ってくれました。画廊が送った個展情報の中に私の携帯電話の番号が書かれていたのでしょうが、私の携帯電話にテレビ番組の人から急に電話がかかってきました。そして、番組出演が決まりました。

番組が朝の生放送ということもあって、トゥルク在住の私はヘルシンキのホテルに一泊したわけですが、そのホテルの宿泊費はテレビ局が支払ってくれたように思います。番組出演前には、ちょっとだけメイク室で頭や顔を整えてもらったといったことがあったような気がします。私のアート作品が何点か、番組内、スタジオに展示されました。番組が終わると、番組出演者の人達と、今放送した番組を録画したものを一緒に見ました。どうやらこの番組では放送後に、もう一度みんなで放送を見て、何か気づくことがあればそれを言い合ったりするようでした。放送の日（生放送の時）は二月五日で雪が降っていたかどうか覚えていませんが、私の記憶では地面に雪が積もっていました。番組は生放送でしたが、生放送の他に再放送もあって、私の友達の中には再放送を見た人もいました。フィンランドでこのようなテレビ出演の経験をしたのは不思議な感じがします。

テレビを見るだけではなく、出演したらどういう気持ちになるだろう、と思っていたのですが、それがフィンランドで実現したのには不思議な気持ちでした。何の前触れもなく、急に携帯電話に電話がかかってきたことも、良い意味で、驚きました。

その他、フィンランドでは自分のアートについてのことが新聞の記事になることが何度かありました。日本に比べるとフィンランドの人口はずっと少ないということもあり、フィンランドは東京などの大都市と比べるとアーティストがメディアに取り上げられやすいように思いますが、それでもいつも取り上げてくれるとは限りません。若い頃に自分のアートについてフィンランドでテレビや新聞で取り上げられたということは、自分にとって大きな励みとなりました。特に、フィンランドで、一人で暮らしながら、時には孤独も感じながら活動している自分には、たまにこういうことが起こると、とても嬉しかったです。

フィンランドには２００２年から住んでいます。現在でも制作はフィンランドと日本(一時帰国の時)で主にしていますが、２０１０年からは、フィンランド以外の国での展示が中心となっています。フィンランドでの展示に関して、今でも興味はありますが、現在は、フィンランド以外の他のヨーロッパと日本などで展覧会を主にしている状態です。

フィンランドでの若い頃に展覧会を何度かしたことは、素晴らしい経験ができたと思います。個人としての展覧会だけではなく、フィンランドではピースマシン(Peace Machine)という二人のグループでのアート活動もしていましたが、こちらは個々の活動が忙しくなり、活動停止状態です。いずれにしても、若い頃にいろいろとフィンランドで展覧会ができたことは、とても良い思い出となっています。

散歩

散歩、そして、外を歩いて何かを感じるということは、私にとって大事な行動になっています。散歩をすると、その時その時によって、いろいろな発見があります。前に気づかなかったことに気づいたり、こんな所にこんな物があるのかと思ったり、植物の様子の変化などを感じたり、そういった発見が楽しいし、それによって自分が「生きている」ということを実感します。それだけではなく、散歩をしながら、いろいろな考えが頭の中で浮かんだりします。そのため、文章の創作にも良い影響を与えていると思います。

１９９７年から１９９９年まで、アメリカのミネアポリスに住んでいました。

アメリカというと車を利用する人が多く、治安の問題もあり、あまり外を長い距離、歩かないという印象が強いですが、私の場合、「散歩すること」の大切さを意識する経験はミネアポリスに住んでいる時に何度もありました。

ミシシッピ川に沿って歩き、隣町のセント・ポールの方まで何度か行きました。どういう道を通って歩いたのか、詳しいことはよく覚えていませんが、ミシシッピ川に沿うように歩いて、途中で川から少し離れたような気がします。今はどうだかわかりませんが、その当時は、ミネソタ州はアメリカの中では比較的に治安の良い所と聞いていました。それでも、「ここは（夜は）あまり行かない方がよいかもしれない」と言われていた場所もあったように思います。時間帯や場所によっては、注意して歩いていたように思います。ミネソタに住んでいた時から、今ではかなり年月が経って、当時のことを、よく覚えていない部分があります。

ミネアポリスからセント・ポールの方へ川に沿うように歩いて行く時は、普段通らない、よく知らない地域は注意しながら歩いていたと記憶しています。ミネアポリスに住み始めて何カ月か経って生活に少し慣れてから、その長い距離を歩くようになったと思います。

私が住んでいた所はミネアポリスでも少しセント・ポールに近い方でした。セント・ポールの方へ歩いたと言っても、中心地までは歩かなかったように思います。いずれにしても、帰りはバスに乗って帰ったように記憶しています。治安の観点からは少し危険な行為だったのかもしれません。その当時、私自身、まだ若く二十代だったこともあり、少し無謀な行動に走ったのかもしれません。

ミネアポリスでは何度か引っ越しをしましたが、住んでいた場所はいつもミシシッピ川のすぐ近く、イースト・リヴァー・パークウェイという道の近くでした。ミシシッピ川の近くに自然が溢れる場所があり、草原や林のある地域だったように思いますが、その辺りをよく歩いていました。自然の方へ行かない時でも、川沿いの道路脇の歩道を歩くことはよくありました。ジョギングしている人がよく通り過ぎ、「やあ（英語でHi!）」と陽気に私に声をかけてくれたりしました。

それから、私の住んでいる所から大学の授業の教室までテクテクと歩いたり、ミシシッピ川の向こう側へ橋を渡って歩いて行ったりと、とにかく、よく歩いていました。大学のキャンパスは広く、大学内を歩いて移動しようとすると、かなりの距離を歩くことになっても不思議ではありません。大学内の移動用のバスも走っていたと思いますが、私はできるだけ歩いて行ける時は歩いて移動していました。ミネソタ大学のミネアポリスのキャンパスはミシシッピ川の両側に広がっていて、ミシシッピ川にかかるワシントン・アヴェニュー・ブリッジという橋を歩いて川の向こう側へ行くこともありました。

そして、ミネアポリスは雪がよく降る町なので、冬は雪の中を歩くことになります。今、住んでいるフィンランドのトゥルクよりも、私が住んでいた時のミネアポリスの方がずっと寒かったです。私にはそう感じられます。ミネソタでの冬を経験した後にトゥルクに住むようになりましたが、トゥルクに住んですぐの頃は、「ミネソタの方が冬の天気はずっと寒かった」という気持ちが強く、「意外とトゥルクの冬は思っていたよりも過ごしやすい」と感じました。寒い雪の中を歩く厳しさはミネアポリスの方がたいへんでした。

ミネソタでの生活の後、大学生としてロンドンにいた時は、大学の寮から町の中心のいろいろな映画館へ歩いて行きました。大学の寮自体、ラッセル・スクエア駅とユーストン駅の間ぐらいにあったので、ロンドンの中心であり、移動は地下鉄を使わずに歩いて行くことが多かったです。特に、大学の寮からコヴェント・ガーデンの方へ歩き、さらに、映画館のあるレスター・スクエアやピカデリー・サーカスの方まで歩くということを何度も経験しました。つまり、ロンドンの中心をよく歩き回りました。

２００２年からは、フィンランドのトゥルクに住んでいます。この町では、住んでいる所の近くの森や野原などを歩くのが好きです。また、町の中心を流れるアウラ川沿いを歩くのは気持ち良いです。

旅行では、川や海が気になります。フィンランドのトゥルクにも川（アウラ川）や海（バルト海）があるので、トゥルクに長く住んだ影響も少しあるかもしれません。

フィレンツェではアルノ川沿いを歩くのが好きですし、バルセロナでは地中海の海沿いを歩くのが好きです。パリはセーヌ川沿いを歩くのが好きです。川沿いや海沿いが気になり、実際に歩いてみて心地よいと、さらにもう一度、もう一度、と何度も行くことになります。

もちろん、川、海、といっても、いろいろな川や海が世界中にあるので、川や海ならすべて好きというわけではありませんが、町に川や海があると、その町の中で川や海はどういう存在なのだろうか、どういう風景なのだろうか、と気になってきます。

太陽の光や電気の光との関係もあると思います。セーヌ川に西日が当たって美しく感じたり、夜は電気の光がセーヌ川に当たってロマンチックな感じを演出したり、バルセロナでは地中海に太陽の光が当たり輝いて見えたりなど。

歩くということについて意識することは他にもありました。２０１４年の夏、私は約三週間、松葉杖での生活を経験しました。その三週間のうちの何日かはフィレンツェとトスカーナ地方で過ごしました。ちょうど、展覧会参加のためにイタリアに行く必要があったからです。イタリアに向けて発つ前日に、足の痛みがひどくなってしまいましたが、その時はすぐに良くなると思っていたのと、展覧会のための作品を現地へ持って行く必要もあったので、イタリアへ予定通り行きました。展覧会の会場はフィレンツェから近いトスカーナ地方の小さな町でしたが、作品の搬入はフィレンツェでした。

松葉杖を使って歩くのは大変でしたが、今まで感じたことのないようなことを思ったりすることができたと、今は前向きに思っています。

この時、イタリアの人達には、たいへんにお世話になりました。イタリアの友達がいろいろと親切に助けてくれて、とても感謝しています。

夢や想像について

夢や想像は、自分の文章作品の創作に大事です。夢があると、何か沈んだ気分の時にも、生きていく希望が持てるように思います。フィンランドでは、東京にいる時よりも、一人で行動することが多いので、一人でいろいろなことを思ったり考えたりする時間が長くなります。想像や夢は、大事にしたいことで、創作にそれを広げていきたいと思っています。

私自身、どうしようもなく精神的に落ち込んでいた時期が、フィンランドに住むよりも前に、ありました。そういう時でも、わずかながら夢があったことにより、何かしらの希望をどこかに持って生きることができたような気もします。

フィクションの世界では、想像の世界や夢のような要素も取り入れることができます。現実の世界から想像の世界へ一時的に飛んでいくことができる場合もあります。落ち込んでいる時でも、ふと想像の世界へ飛ぶことができる余地のようなものがあると、私の場合、救われるような気持ちになります。現実の世界で表現がうまくできない部分も、そういう想像の世界を絵画や文章などの世界で表現することによって、精神的に良い効果が私にはあるような気がします。

あとがき

この本の「第一部　ストーリーズ」では、いろいろな町で経験したことからインスピレーションを得て書いたものが多く収めてあります。

私が住んだ経験がある、フィンランドのトゥルク、アメリカのミネソタ州のミネアポリス、イギリスのロンドン、これらの町で見たり経験したりしたことは、大きく影響を与えています。また、これらの町でのことは、「第二部　海外での生活、経験、思考」でエッセイとしても触れました。

住んだことのある町以外にも、アーティスト（画家、詩人）として多くの町を訪れたことがあります。こうした経験は、ストーリーを作る上で、影響を与えています。ありがたいことですが、自分の作品がいろいろな国の展覧会で展示されてきました。できるだけ現場の会場へ行くようにして、いろいろな国の町を訪れることができました。

この本に収めた「緑の女性」という作品は、パリでの経験からインスピレーションを得て作りました。パリでは私の個展がギャラリー・サテリット（Galerie Satellite）で今までに五回（２０１１年、２０１３年、２０１５年、２０１７年、２０１９年）開かれました。その他にもパリではグループ展参加の経験も十三回あり、個展とグループ展を合わせるとパリでは十八回、自分の作品が展示されたことになります。思い出が多くある町です。この本の中では、パリを特別に意識した作品はこの一編だけですが、フランス文学も自分に大きく影響を与えています。

バルセロナでの経験が大きく影響を与えた作品は、この本に多く収めました。

例えば、「少女二人と洋服店」、「踊るようなステップ」、「スケートボードと音楽」、「バルセロナの夜」、「公園」、「高級な雰囲気をちょっとだけ」、これらの作品はバルセロナで経験したことからインスピレーションを得て書いたものです。

バルセロナでの展覧会参加は２０１１年に「ワールド・アート・ヴィジョン」(World Art Vision)といぅグループ展で自分の作品が展示されたのが最初で、その後、「アラゴン 232 ギャラリー」（Aragon 232 Gallery）でのグループ展で三回展示されました。バルセロナ県ルスピタレート・ダ・リョブラガート（L'Hospitalet de Llobregat）にある「Espacio 120」（エスパシオ 120）でも二回、グループ展で展示されました。また、２０１７年には、バルセロナの「アラゴン 232 ギャラリー」（Aragon 232 Gallery）で、私の個展が開かれました。

バルセロナを訪れた時は、滞在期間中、文章作品のアイディアが浮かぶことがよくありました。これは面白い現象だと思いました。自分の脳の文章創作に関する箇所に、刺激がよく来たのでしょうか？　今でも謎ですが、バルセロナ滞在中は、ホテルの部屋で、よくコンピュータで文章を書いていました。

この本に収めた「杖、音、思考」と「夏は向こうで冬はこちら」は、フィレンツェでの経験からインスピレーションを得て作りました。フィレンツェは自分にとっては大事な町となっています。フィレンツェには、ストゥディオ・アバ（Studio Abba）という事務所があり、その事務所がオーガナイズする展覧会に参加することがあるため、よく訪れる機会があります。また、フィレンツェで開かれる「フローレンス・ビエンナーレ」では２００７年に私の作品が展示されました。２０１８年には、フィレンツェのサン・ロレンツォ教会の「Salone di Donatello」で開かれた「オープンアートコード・フローレンス」（OpenArtCode Florence）という展覧会で、私の作品が展示されました。

フィレンツェは、多く訪れる機会に恵まれていますが、そのうちの一度は、足の具合が悪くなり、二度、病院で足を診てもらうという経験がありました。その時は、多くのイタリア人の友達に助けていただきました。その時のことは、この本の第二部に収めた「散歩」で触れています。また、「杖、音、思考」を書く時は、この時の経験が、作品のアイディアのもとになっています。

この本に収めた作品に登場しない町で、印象的な場所をいくつか挙げようと思います。実は、町によっては、その町をイメージした作品も作りましたが、残念ながら、満足のいく出来にならなかったので、この本には収めませんでした。ただ、少しどういう経験をしたかなど、折角なので、触れておこうと思います。

まずは、ドイツのケルンです。ドイツのケルンで開かれる「ART. FAIR」という名前のアートフェアでは二度（２０１３年、２０１４年）、自分の作品が展示されたことがあり、その二度とも現地へ行きました。よく勘違いされる方がいらっしゃいますが、この「ART. FAIR」というアートフェアは、ケルンの有名な「アート・ケルン」というアートフェアとは別のイベントです。ケルンの町では、ライン川の近くの散策を楽しんだりしました。

ケルンの町をイメージした作品はまだ書けていませんが、この本に収めた「再会」という短い作品は、近くの町、ボンを訪れたことからインスピレーションを得て書きました。大人になってからだけではなく、子供の頃、小学校六年の頃（１９８５年頃）、約一年三カ月、家族でロンドンに住んでいましたが、その頃も、ケルンやボンは、旅行で訪れたと思います。ケルンについては、何かのお話ができそうな町なので、また今度書こうと思ったとしても不思議ではないと思います。

それから、チェコのプラハもよく訪れた町で、その経験からお話を作ろうとしましたが、満足のいく出来になりませんでした。プラハでは、２００３年、チェコ人の友達が持っているアパートに長く泊まらせてもらったこともあります。プラハの郊外のオパトフ（Opatov）という地下鉄駅の近くのアパートでした。このアパートはチェコが社会主義だった頃に建てられたのではと思われるような感じでした。その一昔前の雰囲気もあり、オパトフでのアパート滞在の日々は、何か異空間にいるような感じがして、アート制作をする自分には想像をかきたてるような良い経験でした。プラハには何度か訪れていますが、合計すると五十日ぐらいは滞在していると思います。民族学の研究の調査で訪れたことも一度あり、その時はプラハのクリスマスについて少し調べました。

プラハではいろいろな経験をしましたが、今のところ、文章よりも私の絵画制作への影響が大きいかもしれません。プラハの曲がりくねった道や街並み、いろいろなスタイルの建築、これらは私の創作意欲をかきたてるものになっています。

また、ハンガリーのブダペストとセゲド（Szeged）もよく訪れました。ハンガリーではまだ展覧会参加の機会はありませんが、民族学の関係の用事だったり、友達に会いにいったりなどで、ブダペストとセゲドは、よく訪れる機会がありました。ロンドンでハンガリー語を勉強したこともあり、そういう意味からも自分にとっては特別な国の一つとなっています。残念ながら、ハンガリー語はほとんど忘れてしまいましたが、それでも、かつてロンドンで勉強したことがある言語ですし、また、フィンランドなどでハンガリー人の人達と話をする機会もあったので、ハンガリーについても何か特別なものを感じます。ブダペストをイメージした文章作品、セゲドをイメージした文章作品、これらを作ろうとしましたが、この本には収めませんでした。

フィンランドから他のヨーロッパの国々へは、距離的に日本からよりも近く、今までヨーロッパのいろいろな町を訪れることができました。

私の場合、展覧会で作品が展示される時や民族学の関係のことなど、海外を訪れる時は何か目的があって行くことが多くありました。一方で、特に用事がなくて純粋に楽しみだけの海外旅行というのは、思い返すと、２００６年頃からは、少ないような気がします。もちろん、フィンランドについては、今現在、住んでいる国なので、少し事情が違っています。フィンランドの中での旅行では、楽しみのためにヘルシンキへ小旅行するということはあります。この本には、「ヘルシンキへの小旅行」という作品を収めました。

こういった、いろいろな国や町での経験の中から、想像を膨らませて文章作品を書くことがあり、この本に収めた作品も、いろいろ場所での経験が大きく影響を与えています。

楽しんで読んでいただけたら嬉しく思います。

最後に、私の経歴を書いて、終わりにします。今後とも、どうぞよろしくお願い致します。

清水研介（しみず・けんすけ）
１９７４年、東京生まれ。アーティスト、詩人。
絵画、ドローイング（紙の上にペンで描くなど）、ヴィジュアル詩（コンクリート・ポエトリーの作品、文字を使った作品）、文学の作品（短編や詩など）、音楽の作品（作曲）、動画などを制作している。

主な個展

神楽坂 lien（東京、２０１９年）、ギャラリー・サテリット（パリ、２０１９年、２０１７年、２０１５年、２０１３年、２０１１年）、アラゴン 232 ギャラリー（バルセロナ、２０１７年）、ギャラリー日比谷（東京、２０１６年、２０１０年）、Lavatoio Contumaciale（ローマ、２０１２年）、Gallery80（表参道ヒルズ、東京、２０１１年）、Galleria Ulaani（ヘルシンキ、２００５年）、インターナショナル・ミーティング・ポイント（トゥルク、２００４年）、Galerii 36（タリン、エストニア、２００４年）など

主なグループ展

オープンアートコード・フローレンス（フィレンツェ、２０１８年）、ヴィジュアル・ポエジィ・パリ展（ギャラリー・サテリット、パリ、２０１９年、２０１

８年、２０１５年、２０１３年、２０１１年）、オープンアートコード・ヴェニス（ヴェネツィア、２０１６年）、AJAC展（東京都美術館、東京、２０１９年、２０１８年、２０１７年、２０１６年、２０１５年）、フローレンス・ビエンナーレ（フィレンツェ、２００７年）、ユーモアと風刺国際ビエンナーレ・ガブロボ（ガブロボ、ブルガリア、２０１３年、２０１１年、２００９年）など

アートフェア
ART.FAIR（ケルン、２０１４年、２０１３年）、アート・インスブルック（インスブルック、２０１３年）、アフォーダブル・アートフェア・ローマ（ローマ、２０１２年）、Art Beijing（北京、２０１２年）、Lineart（ゲント、２０１１年）

学歴
１９９６年、早稲田大学人間科学部卒業。

１９９７年から１９９９年まで、アメリカのミネソタ大学(University of Minnesota)でフィンランド語を勉強。

１９９９年から２０００年まで、イギリスのロンドン大学（ユニヴァーシティー・カレッジ・ロンドンの中のSchool of Slavonic & East European Studies）で、フィンランド文学、フィンランド語、ハンガリー語、ハンガリー文化を勉強。

２００２年にフィンランドのトゥルク大学(University of Turku)の修士課程のコース「バルティック・シー・リジョン・スタディーズ(Baltic Sea Region Studies)」に入る。

２００５年、フィンランドのトゥルク大学で修士号(Master of Arts in Ethnology/Baltic Sea Region Studies)を取得。

２００５年から現在、トゥルク大学のヨーロッパ民族学(European Ethnology)、大学院博士後期課程在学中。

清水研介の本

著書はこの本に加え、『Dreamlike Voyages of Artists』（詩やストーリーの本、２００９年、ヘルシンキの Kirja kerrallaan で印刷）、『ロンドン・フィンランド・夢想短編集』（２００９年、発行：ブイツーソリューション、発売：星雲社）、『フィンランドで散策・短編集』（２０１１年、発行：オープンページ、発売：宮帯出版社）がある。

また、この他に、自分が撮影した写真を収めた本「Somewhere 1」（印刷：しまうまプリント）と、自分が制作したヴィジュアル詩の作品画像を収めた本「Somebody」（印刷：しまうまプリント）の二冊を、２０２０年に小数部、制作した。

テレビ出演
２００５年二月五日（土曜日）、フィンランドのテレビ局 Yle（TV1）のテレビ番組「ラウアンタイヴェッカリ(Lauantaivekkari)」（午前九時五分から午前十時）に番組の「この週のアーティスト」として出演をする。約５分のインタビューを受け、アート作品が番組内、テレビ局のスタジオに展示される。

清水研介のホームページ
https://www.kensuke-shimizu-art.com

音楽
自分が作曲した音楽を、ユーチューブ（YouTube）の自分のチャンネル「Kensuke Shimizu」、インターネットのサウンドクラウド

（SoundCloud）の自分のページ「Kensuke Shimizu」で公開している。
最近は、ユーチューブ（YouTube）の方で曲をアップすることが多い。自分のホームページでも、現在、何曲か自分の作曲した音楽を公開している。

メールアドレス
kensu77taide@hotmail.com

２０２１年１月

清水　研介

■著者プロフィール
清水　研介（しみず・けんすけ）
1974年、東京生まれ。1996年、早稲田大学人間科学部卒業。2005年、フィンランドのトゥルク大学で修士号を取得。アーティスト、詩人。絵画作品はヨーロッパ（フランス、スペイン、イタリア、オーストリア、フィンランドなど）、アジア（日本、中国、韓国など）、アメリカ（ニューヨークなど）で展示された。著書『ロンドン・フィンランド・夢想短編集』（2009年、発行：ブイツーソリューション、発売：星雲社）、『フィンランドで散策・短編集』（2011年、発行：オープンページ、発売：宮帯出版社）他

異国散歩ストーリーズ

2021年3月10日　初版第1刷発行
著　者　清水　研介
発行所　ブイツーソリューション
〒466-0848 名古屋市昭和区長戸町4-40
電話 052-799-7391　Fax 052-799-7984
発売元　星雲社（共同出版社・流通責任出版社）
〒112-0005 東京都文京区水道1-3-30
電話 03-3868-3275　Fax 03-3868-6588
印刷所　藤原印刷
ISBN 978-4-434-28689-6